性欲の強すぎるヤクザに捕まった話

古亜

hurua

Eternity

EB

エタニティ文庫

目次

性欲の強すぎるヤクザに捕まった話

1

「ええっ！」

仕事からの帰り道、最寄りの駅からアパートに行く途中の潰れたパチンコ屋の前で私、沢木梢は変な声を上げた。

幸い私の他に周辺を歩く人影はなく、奇声を誰かに聞かれることはない。

『——商品を一ダース購入したのですが、十箱しか届きませんでした。確認および早急に発送をお願いします』

……という、取引先からの苦情以外の何物でもないメールが会社に届いたらしい。

それを知らせるメールが私に届いた。

この注文、見覚えがある。新人の子に任せたやつだ。だいぶ仕事にも慣れてきたからやってもらったんだけど、まさかこんなわかりやすい発注ミスをするなんて。

今から戻っても遅くなるし、会社に残っている人に対応をお願いするしかない。新人の子に任せたくらいだから、さして難しい案件じゃないし、やってもらえるだろうけど……これ月曜日に出社したとき、絶対何か言われる。

思わずため息が漏れた。

でも、起こってしまったことは仕方ない。もう金曜日の夜なので、今からでは配送業者の手配ができない。どう頑張っても納品できるのは火曜日かな？

とりあえず、会社にいる人に対応をお願いしなければ。

私はその場に立ち止まってささっとメールを作成する。幸い、状況を把握している人が残っていたのか、すぐに返事が戻ってきた。

内容を確認しようとメールを開いた瞬間、急に目の前が明るくなる。向こうから走ってくる黒いボックスカーのライトだ。

別に珍しくもないけど、眩しいなー。そう思って車を見ている私の真横で、その車は急ブレーキをかけて停車した。驚いた私はその場で固まってしまう。

そのボックスカーから見知らぬ男たち――いかにもガラの悪そうなチンピラ風の青年たちが降りてきて、私の前に立ち塞がる。

そして、ちらりと私の持っている鞄に目をやって、仲間同士で頷き合った。

え……まさか物盗り!?　私、大金なんて持ってないですよ！　持ってるように見えました？

逃げなきゃと思うのに、体が動かない。

「あんたか。乗れ」

の、乗れって……その車に乗るってこと？　知らない人の車に乗っちゃいけないことは、小さい子供でも知っているのですが。いや、あんたかって確認したってことは、私を誰かと間違えている？

なんにせよ、乗っちゃまずい。

「す、すみませんっ！」

なんで謝っているのだろうと思いつつ、逃げようと試みる。私は人通りの多い道のほうへダッシュを……できなかった。

二の腕の辺りを掴まれて、つんのめりそうになる。

「今さらビビるなよ。それに、嬢ちゃんに用があんのは俺らじゃねぇ」

用ってなんのこと？　しかもこのチンピラたちの言い方的に、絶対人違いだ。

「ひと……むぐっ！」

「あんまり騒ぐな。おい、手伝え」

人違いだと訴えようとしたのに、タオルのような何かを口に当てられて、羽交(はが)い締(じ)めにされた。こんなんじゃ、逃げるどころか叫ぶことだってできない。

残りの一人が車のドアを全開にする。私はそのまま車の中に押し込まれた。

「んんー！」

ドアが閉まる直前、大きい声を出そうとしたのに、口に当てられた布をさらに強く押しつけられて阻まれる。

「あんまり騒がれると面倒だ」

私の口を押さえている男が、顎で指示を出す。何をする気なのかを確かめたくても、がっつり押さえられていて首を動かせない。

「暴れるな。着くまで大人しくしてろ」

そんなこと言われても何がなんだかわからないし、着くまでって私はどこに連れていかれるの？

人違いだと言う隙ができるどころか、口に当てられていた布ごと頭に紐状の何かが巻かれて、口を塞がれる。ついでとばかりに両脚も縛られ腕を男に押さえ込まれて、私は完全に身動きが取れなくなった。

「着いたら外してやる」

そう言うなり、男は懐からスマホを取り出してどこかに電話をかける。

「ええ、あと十分くらいでそっちに着きます。いつもと毛色違いますけど……はい、そうでしたね。失礼しました」

電話の向こうの人の声は聞こえない。一体、何をしゃべっているんだろう。

男は私が見上げているのに気付き、私の髪を掴んで下を向かせた。

引っ張られると痛い……髪は女の命だと言うのに！

「すみません、兄貴。けっこうなジャジャ馬なんです。え、はい。わかってます。手は出してませんよ」

ジャジャ馬って、私のこと？　いやいや、この状況で平静でいられる人いる？

男はそのあと少し会話を交わして電話を切った。

そしてちらっと私を見下ろし、引っ張って悪かったと小声で謝る。そのまま何事もなかったように窓の外を眺め始めた。

謝るとこ、そこじゃないと思うんですけど……そもそもの人違いについて謝ってほしい。

でも、人違いに気付いてないんだよね、この人たち。

さっきの電話の相手――兄貴とか呼ばれていた人が連れてこいって言っているみたいだから、その人なら人違いってわかるはず。まずはこの誤解を解いてもらわないと、どうにもならない。

問題は、人違いとわかった私がどうなるかだ。

全面的にこの人たちが悪いと思うのだけど、果たして「人違いでした。すみません」とか言われて帰してもらえるんだろうか。むしろ余計なことを知ったせいで……いやいや、この先は考えるのやめとこう。いいことがなさすぎる。

とにかく人違いだって主張して、目を瞑っていたので何も見てない聞いてないってことにしよう。

そうと決まれば、腕を押さえられていて耳は塞げないけど、目を閉じておこう。さっきも見られるのは嫌そうにしてたし！

そうして大人しくなった私を乗せた車は、何度も右折左折を繰り返し、夜の街を進んでいった。


「――着いたぞ」

そんな声を聞いて、私はゆっくり顔を上げた。

窓の外は薄明るくて、コンクリートの柱が何本か見える。どうやら地下の駐車場らしい。

脚の拘束を解いてもらうと、その代わりとばかりに手首を結束バンドで縛られた。口の拘束は取ってもらえない。人違いだって訴えようと思ったのに。

兄貴とか呼ばれていた人に直接言うしかないのか。でも、直接言う前に人違いだからと、何も弁明もできないまま……そんなの嫌だ！

心臓が耳元にあるみたいにうるさく鳴って、手足が震える。男たちはそれに気付いているはずなのに無視して、半ば引きずるように私をエレベーターホールまで連れてきた。

男の一人が液晶パネルにカードをかざすと、チンという音と共にエレベーターの扉が開く。

……今気付いたけど、エレベーターの扉がいかにも高級って感じの上品な模様と色合いだなぁ。中も赤を基調にした豪華な雰囲気だ。

ほうと内装を見ている間に、中へ押し込まれる。男の一人がついてきて、階数ボタンを押した。

え、三十九階⁉ ボタン的にほとんど最上階だよ？ 超高層ビル？ 一体、ここどこなの⁉

「兄貴、見えてますか？」

硬直する私をよそに、男がエレベーターに付いているカメラとマイクに向かってしゃべっている。

そうか、ここで確認を取るのか。

ん？ それなら、兄貴とやらと直接顔を合わせずに人違いだとわかってもらえるかも！

私はさりげない素振りでカメラに映り込みそうな場所に顔を割り込ませてみた。

男は怪訝(けげん)そうにしながらも、マイクに向かって話し続けている。

「車の中で暴れたので、ちょっと縛ってあります」

『わかった。今上げる』

……ええっ⁉　まさか、見えてない？　ちゃんと映り込めなかったのかな。でも、カメラの位置的にそんなに動かなくても私の姿は映っているはずだし。

私、どういう勘違いされてるの？　それとも知らないうちにこの方々の不興でも買っていたのかな？　全く身に覚えがないですよ！

戦々恐々としている間に、再びチンというベルの音がして、三十九階に到着してしまった。

スッと音もなく扉が開く。私は恐る恐るエレベーターの外を見る。

何ここ、部屋……？

目の前にあったのは、だだっ広いリビングスペースのような部屋だ。窓でもあるのだろうか、正面は天井から床までシックなカーテンで覆われている。

その手前の、これまた何人掛けかわからないソファーに一人の男が腰掛けていた。男は私をちらりと見ると立ち上がり、そのまま真っ直ぐこちらに向かってくる。

目付きの鋭い、長身の男だ。

黒いスキニーパンツに白いYシャツというシンプルな出で立ちのせいなのか、彼が醸し出す独特の雰囲気――思わず後ずさりしたくなるような威圧感がストレートに伝わってくる。やっぱりヤクザ……いや、考えるのをよそう。

「そいつか」

私を見下ろし、確かめるように男が言う。その低い声が私のことを指していると思うと、背筋が冷たくなった。

にしても、ここまでがっつり見ても人違いだって気付かないの⁉　それともこの人も、顔を知らないの⁉

「見ての通りです。ビビッたのか騒がれそうだったので、こんな感じに縛ってますが」

その言葉と共に、私の青い鞄がぽいと床に置かれる。

よかった。没収はされない……のかな？

男はじっと鞄を見て、小さく頷いた。

「戻っていいぞ。ご苦労だった」

「はい」

私の後ろでエレベーターの到着を知らせるベルの音がする。同時に、私は男に腕を掴まれ、部屋の中に引っ張られる。

男がリビングの奥にある扉を開けると、そこは寝室っぽい雰囲気……まさか、と思った私は全力で首を横に振り、その場から動くまいと足を踏ん張った。

「ん！　んん！」

「なんだ」

男はあからさまに機嫌を悪くしながらも、私の口の拘束を外してくれる。

「ひ、人違いです！」

「はぁ？」

「いや、だって、おかしいじゃないですか！　私が何したっていうんですか！」

怖い。怖いけど、ここで言っておかないともうチャンスがない気がする。このままあの部屋に引っ張り込まれたら、絶対にまずい。

「私はただの会社員です！　しがないOLです！」

「青い鞄に犬の飾り、ポニーテール。今日の女はそうだと聞いてるが」

「たまたまです！　偶然です！　私は基本そうです！」

確かに仕事後だから髪の毛をひとつに括っているけど、ポニーテールじゃありませんよ？　括っているせいでそう見えるの？

でも他の条件についてはあっている。通勤用の鞄は紺に近いものの青で、飾りというか目印に付けているキーホルダーはダックスフンド——犬型だ。

「何かの間違いです！」

私の全力の訴えに、男は何かを考えるそぶりを見せる。やがてポケットからスマホを取り出して画面を確認すると、小さく舌打ちをした。

「チッ……マジっぽいな」

いったい何を確認したんだろう。いやいや、私が気にすることじゃない。とりあえず、人違いだってことはわかってもらえた。

「私は何も見てません！　聞いてません！　全部忘れますから、帰してください！」

完全に人違いと判明したところで畳み掛ける。私なんか殺したって後始末が面倒なだけだ。何事もなく帰してくれれば、悪い夢でも見たということにすると叫ぶ。

そして、男の反応を窺（うかが）った。

彼はじっとスマホの画面を見て考え込んでいる。

「とりあえずこれを外していただけたら、自力で帰ります」

車で十分くらいだったから、その気になれば徒歩でも帰れるはず。無理そうならタクシーでもいいや。タクシー代くらいある……と、そこで迷惑料って言葉が脳裏をよぎった。口には出さないけど。

「それに私なんて……ぎゃっ！」

きっと楽しくないですよ？　そう続けようとしたところで、突然抱き上げられる。そのままぽんとベッドの上に投げ出された。

急すぎて動けない。

私は横向きに転がされたまま男を見上げる。明かりのついていない、暗い部屋だから、男の表情はわからなかった。

「え……その、人違い、なんですよね？」

「ああ」

「確かめたんですよね？」

「ああ」

「するんですか」

「ああ」

「なんで……」

この男はいわゆるデリヘル的な女の人を呼んだのだろう。そっちのことは、そっちのプロにお任せするほうがいいに決まってる。今頃、さっきまで私がいた場所でプロのお姉さんが待っているはずだ。その人と私を取り替えればいい！

「今確かめたらそいつ、バックレたらしい。仲介屋も連絡がつかねぇって言ってる」

「だからって……」

おかしいでしょうそれは！　こんな高そうなマンションに住んでるんだから、新しく私より若くて美人でボンキュッボンな女の人を呼べばいいじゃないですか！

「顔とか胸はよっぽどじゃなけりゃいい。要はヤれりゃいいんだよ」

そう言われた私は、必死で反論した。

「だからってわざわざ私にする必要ないでしょう！　美味しいピザをすぐデリバリーで

きるのに、わざわざコンビニのピザ風惣菜パンを食べる人います？」

「たまには惣菜パンも悪くねぇ」

……嘘でしょ。

そこでベッドがギシリと音を立てる。男が私の上に覆い被さるように四つん這いになったのだ。

「ちゃんと金は払う。人違いした詫びだ。払うはずだった金の倍額――十五万、仲介屋には取られねぇから丸々お前の手元に残るだろ。信用できねぇなら先にお前の鞄の中に入れといてやろうか」

「え……」

突然飛び出した大金に、私は思わず唾を呑んだ。十五万円って、ほとんど私の月の手取り。

にしても倍額ってことは、呼ぼうとしていたお姉さんは七万五千円……って、いやいや、これはお金とかそういう問題じゃない！

「そんな大金、いらないですから。そのお金で別の人呼んだほうがいいです！」

「大した額じゃねぇ」

くっ……金持ちめ！

だめだこの人、全然話を聞いてくれない！

「だめです……ひゃっ！」

まだ話している途中なのに、いきなり服の上から胸を掴まれた。私は叫び声なのか驚きの悲鳴なのかわからない声を上げる。

すると、その手はすぐに離れた。

「……お前、処女か」

しょじょ……？

男の発した単語の意味を理解するのに五秒ほどかかる。

いや、さすがに単語自体は知っているけど、今の状況に結びつけるのに時間がかかったのだ。

「……どうなんだ」

しびれを切らしたように男が再び問いかけてくる。当然、素直に答えられるはずがない。

「な、なんで言わなきゃいけないんですか！」

「そりゃあ、処女の中にゃいきなり突っ込めねぇからだよ。その反応は処女か」

つ、突っ込む……

私の頭の中で今話題の漫才師が相方の頭にハリセンを叩き込む図が浮かぶ。けど、絶対違う。わかってる、わかってますけど！

「処女がどんなもんか、やってみるのも悪くない。だがまあ、お前にとっちゃ初めてか。わかった、もう十万付けてやる」

十万って、元が十五万円だから二十五万円……？　ついに私の月収を超えたよ。だからっていいわけないけども。

男の息遣いがすぐ近くで聞こえる。胸以外はまだ触れられていないものの、このままじゃまずい。そう思うのに体は動かなかった。

「一回だけだ。俺はどの女も一度しか抱かねぇ。無駄に強ぇ性欲の処理だ。正直誰と何回ヤっても構わねぇが、顔が割れる二回目以降は避けたい。後腐れはねぇよ」

男の顔が私の耳元に近づく。

恐る恐る顔を上げると、薄暗さに慣れてきたからか、徐々にその顔が見えてきた。聞き分けの悪い子供に言い聞かせるみたいな、何かを堪えている彼の表情。暗い中で見える鋭いその目は、逃す気はないと雄弁に語っている。

「い、いやっ！」

私は咄嗟に逃げ出そうとした。といっても後ろ手で拘束されていて、手は使えない。とにかく起き上がって、男から、この空間から離れなければ。そう思っての行動だ。攻撃するつもりはなかった。それなのに、ゴツンと鈍い音と呻き声がして、私の側頭部に痛みが走る。

頭を押さえたいのに、それは叶わない。

何が起こったのか確かめようと目を開ける。

すると、私の目の前に男の顔があって、その唇の端から一筋の血が垂れていた。

男はそれをすぐに舐めとったけど、その一瞬の光景が鮮烈に私の中に刻み込まれて消えない。

……この男には、血が似合う。

それに気付いてしまった。

体が石にでもなったみたいに動かなくなって、男の顔から目を逸らせない。

「確かにこりゃあ、なかなかのジャジャ馬だな」

男は低く笑うと、硬直する私の肩をぐいと押す。

「大人しく言うこと聞いてりゃ、すぐ済んだかもしれねぇのに」

ギラギラ光る男の目に見下ろされて、私は自分が完全にこの男の支配下にあることを思い知った。

再びベッドの上に押し倒される。そして男は慣れた手つきでスカートの中に入れていたブラウスとキャミソールを引っ張り出して捲り、ブラジャーを剥がすように持ち上げた。

男の手の甲が胸の先に触れる。私の口から短い悲鳴が漏れた。それを気にする素振りも見せず、男はさらにブラジャーを上に押し上げる。

空調の効いたひんやりとした空気が素肌に触れた。

捲られた服で隠れているから確認できないけど、私の胸が男の目に曝されているのがわかる。

「む、無理です！　やめてくださいっ！」

「まだ何も始まってねぇだろ」

男は私を片手で押さえ込み、お腹の上に馬乗りになった。体重はほとんどかかっていないものの、布越しに伝わってくる体温が生々しい。私は半泣きになりながらめちゃくちゃに叫んだ。

「嫌！　こんなのわかんない！」

腕を振って拘束から逃れようとしているのに、屈強な男の腕はピクリとも動かない。

「離してくださいっ！　怖いんです！　わかんないんです！」

「諦めろ。生憎だが力でお前に負ける気はねぇし、離すつもりもねぇ。それに、誰だって初めてはわかんねぇもんだろ」

「でもっ……こういうのはちゃんと好きな人とって……！」

「だから言ってんだろ、後腐れのないようにするって」

「そういう問題じゃ……ぁっ！」

言い返そうとした瞬間、男は空(あ)いているほうの手で私の肩を掴む。怖くて、私はとうとう動くのをやめて、怯(おび)えた視線で男を見上げた。

男は目を逸(そ)らすと、代わりに私の胸の先端を指の間で挟んでそのままやわやわと揉(も)み始(はじ)める。

「だめっ！　そんなとこ……んんっ！　あぅ……」

これっぽっちも気持ち良くなんてない。これは、あり得ない場所に触れられて漏れている声。なのに、反応しているみたいで嫌だ。

慣れればこんな声出なくなる。そう思っていたのに、触れられるほど自分の声が湿(しめ)ってくる。むしろ慣れてしまったからなのか、男の指の動きがまるで見えているようにわかってしまう。

指先でつつくようにしたかと思えば、指の腹で挟んで擦(こす)るように転がされる。ついで爪を立てられ、まるで電流が走ったみたいに全身が震えた。

「いい感度だ。素人(しろうと)は時間がかかるかと思ったが……この調子なら最後までいけそうだ」

男はここで初めて笑みを見せる。けどそれは、これまでの無表情や不機嫌そうな顔よりも怖かった。

「だめ、です。怖い……」

つい口に出てしまう。

「確かに最初は怖いだろうな。俺みたいな見ず知らずの奴に犯されるんだから。でもまあ、人違いした詫びに優しくしてやる。存外感じやすいみたいだし、大丈夫だろ」

言ってることが無茶苦茶だ。詫びなら普通に家に帰してほしい。優しくされたって、結局犯されるなら意味ない！

そう言いたいのに、口から溢れるのは意味を成さない文字の羅列と熱を帯びはじめた吐息だけ。

「んっ……ああ……」

抵抗しなきゃと思っても、体から力が勝手に抜けていく。いっそこのまま抵抗せずに全部終わるまでされるがままになっているほうが、疲れないし早く済むなんて考えてしまう。

それに、男の好きにさせておくだけでウン十万円というお金が手に入るんだ。私の処女に対する金額としては十分すぎる。

くたりと力を抜いた私を見下ろして、男は満足げに微笑んだ。

「いい子だ」

耳元で唐突にそう囁かれる。熱っぽい吐息が耳にかかって、私の体はピクリと強張った。

「ひゃっ！　んん……な、んで……」

男はそのまま私の耳をその薄い唇で挟むと、わずかに舌を出し、縁をなぞるようにゆっくりと舐める。水音がすぐ近くで聞こえた。

続いて歯が立てられ、僅かな刺激に私は短い悲鳴を上げる。すぐに男は私の耳から口を離した。

「……お前を抱くのを止める気はねぇが、痛めつけたいわけじゃねぇよ。優しくするって言ったしな。痛かったら言え」

無理やり抱くのはよくて、私が痛い思いをするのは気にするの？　確かに私を押さえるとき、怖いと感じても痛くはされなかった。

思わず目を見開き男を見つめる。男は私の頬に手を当てると、親指で私の唇にそっと触れた。

「まあ、応えられねぇ場合もあるが、そこは我慢してくれ」

「それ、どういう……んん、ひゃ……」

付け加えられた言葉がどういう意味なのか尋ねる前に、男は再び私の耳をぬるぬると舌先で弄る。歯を立てない代わりと言わんばかりに、舌先が私の耳の中に入り込んだ。

「い……………あ、ふああっ！」

そして突然、フッと息を吹きかけられて、私はみっともなく甘い声を上げた。

男の息がかかるたびに、濡れた部分がひやりとする。男はその反応を楽しむように私の耳を軽く引き、さらに奥へ息を送った。

「やめ、それ、やめてぇ……」

頭がおかしくなりそうだ。耳から脳に妙な薬でも送り込まれているんじゃないかって、馬鹿な考えが浮かぶ。

男は私の唇に当てていた親指を口の中に滑り込ませて、ほくそ笑む。

「やめてほしい？　嘘言うな。気付いてねぇのか、さっきからお前の声、めちゃくちゃエロいんだよ」
エ、エロいって……そんなの知らない、わかるわけない。エロいのはあなたのほうでしょ！
そう言いたい。

けど、言ったところで、平然と「そうだが何か？」と言われて終わる気しかしなかった。

「……なぁ、気持ちいいって言えよ」

男は私の舌を親指でゆっくり押す。

「早く楽になりたいんなら、素直に感じて俺によがれ。俺だって早くお前の中に挿れてぇんだよ」

そう言って男はゆっくりと脚の力を抜いた。それまではなかった、男の体重がかけられる。股間を押し付けられ、布越しに伝わってきていた男の熱がより強くなって、さらにはその質感までわかった。

まるでそこだけ得体の知れない生き物のように蠢く。私は声を上げるけれど、舌を押さえ付けられた状態で話せるはずがなく、意味を成さない音が唇の間を抜けて出ていった。息が苦しくなって空気を吸おうとしても、思い切り吸うことはできない。

「こういうわけだ。だからお前も恥ずかしがるな。言ってみろ、どこをどうしてほしいか」

男は熱っぽくそう囁くと、硬く熱を帯びたものをさらに押し付けてくる。舌が自由になった私は、やっと思ったように息を吸うことができた。

どこをどうしてほしいか？　そんなの決まってる。

「外して……これ、外してください！」

私は背中のあたりで拘束されている腕を男にわかるように少し振る。

けれど、懇願する私を見下ろしていた男は、一瞬固まった後、なぜか笑い始めた。

「ははっ、ここでそれって……お前、俺が言ったことの意味、わかってんのか？」

「だから、どうしてほしいかお願いしてるんです！」

「確かにその通りだ。その腕のやつも取らねぇとな。でもよ、俺がお前に言わせてぇの

「この状況で頼むことは、まずそれでしょう！」

それとも何？　この男は縛ったままが好きとか、そういうのなの？　縛られてやられるのなんてすごく嫌だ。ていうかさっきから地味に痛い。

「お前はジャジャ馬だが、俺にそういう趣味はねぇから」

……さっきから思ってたけど、誰がジャジャ馬だ！　そりゃあ誰だって抵抗するでしょう。この状況だったらさ。まあ外してもらえるってことだから余計なことは言わない。

「待ってろ。切るもん持ってくるから」

男はゆっくりと体を起こして、私から手を離す。

「逃げようとか考えるだけ無駄だからな」

ベッドから下りるときにそう言い残して、寝室を出ていった。

逃げようにも腕を縛られたままじゃろくに動けないし、そもそも乗ってきたエレベーターが私に動かせるかわからない。階段を探す暇なんてなさそうだし、ここから逃げるなんて無理だ。

私は男の出ていったほうを見る。明かりが見えるけど、目に映る範囲に男の姿はない。ハサミか何かを探しているんだろう。

私はこのまま、犯されてしまうのだろうか。

ドン引かれるレベルで泣き叫んで拒絶したら、もしかすると諦めてくれるかもしれない。でも今さらだし、そもそも泣き叫べない。恐怖と羞恥はあるけど、不思議ともう涙は出てこなかった。

頭の一部の妙に冷静な部分が、大人しくこのまま抱かれてしまえと言っている。ちょっと我慢すれば二十五万円手に入るんだ、と。

だが同時にそう簡単に割り切れず、どうしても足掻きたくなってもいた。なぜこんなことになってしまったのか？　ついため息がこぼれる。

そこで突然部屋が明るくなって、私は目を瞬かせた。寝室の入り口で電灯のパネルを操作する男の姿が目に入り、私は思わず叫ぶ。

「なんで明かりつけるんですか！」

服はぐちゃぐちゃで胸ははだけられたまま。こんな姿、誰にも見られたくないのに！というかこの男のせいなのに！

「これ使うのに手元が見えねぇだろ」

そう言って男が見せたのは、ハサミではなく針金などを切るニッパーだ。確かにそれのほうが切りやすいけど、この男が持っていると妙に迫力がある。というか、この男だったらたとえ箸を持っていても怖いかもしれない。

「安心しろ、最終的に全部脱ぐことになるんだ」

「それのどこに安心できる要素が!?」

思わず突っ込んだ私を見下ろしながら、男は低くくぐもった声で笑う。

「諦めな。あんまり抵抗するんだったら切ってやらねぇぞ?」

面白そうにそう言うと、手にしているニッパーを器用にくるくる回した。そうしてパチリと音を立てて私の腕を拘束していた結束バンドを切る。ようやく自由になった手を見ると、手首にうっすらと痕が残っていた。

「……ありがとな」

「へ?」

突然紡がれた感謝の言葉に戸惑った私は、我ながら間抜けな声を上げる。

男は役目を終えたニッパーをベッドの下に投げ込むと、ゆっくりとベッドに腰を下ろす。

「これ切れって言ったときのお前、色気もクソもなかったからな。おかげでちょっと落ち着いた」

「あ、そうですか。落ち着いたならよかったですね」

ありがとうはそのお礼ですか。それなら私はこれで、と身動ぎする。

「だからって、もういいとは言ってねぇぞ」

ところが男は、そう言って私の腕を掴んだ。頭が追いつかないでいるうちに、私は男の屈強な腕に抱かれていた。

照明がつけられ、さらに起き上がっていたせいで、すぐ近くにある男の顔がよく見える。

こめかみや耳の下、首……男の顔には新しいものから古そうなものまで、様々な傷痕があった。少しはだけた首元から覗いているのは、火傷の痕だろうか。

私はとんでもない男に抱かれそうになっているんじゃないかと、改めて実感する。

「なんだ、抵抗はやめたのか？」

呆然と見つめるだけになっている私の腰を抱きながら、男が可笑しそうに笑った。

軽い、からかうような笑い方なのに、その瞳の奥には欲情が見え隠れしていて、ゾクリとする。

後になって思えば、私はこの時点で男を許したのかもしれない。

今までこんなふうに誰かに見つめられたことなんて、ここまで強く求められたことなんてなかった。

私は肯定も否定もせずに男から目を逸らす。

「好きにしろっつうことでいいんだな？」

男は試すように言うと、私の腰に回していた腕を胸元に移動し、再び胸を弄び始める。

男の手の中で自分の胸が形を変える。自分の体なのに自分のものじゃないみたいな、奇妙な感覚。

けれどその手付きが優しいからなのか、不思議とやめてほしいとは思わなかった。鼻にかかったような声を上げながら、私は男のすることを感じている。

吸血鬼がするみたいに首に歯を立てられ、胸の先端を指先で転がされた。耳殻にも息を吹きかけられる。腕を縛られていたときにもされていたことなのに、今度はむしろ男に身を任せ、されるがままになった。

「んっ……」

男はすっかり硬くなった胸の頂に舌を這わせて、包み込むように舐め上げる。彼はわざと音を立てて貪るように口に含む。

「ここまで大人しくなられると、かえって張り合いがねぇな」

「張り合いって、あなたがそうしろって……」

正直なところ、自分でもなぜここまで大人しくしているのかわからなかった。お金のためにしては、やるせなさとか虚しさを感じない。この男に抱かれたいのかといえばそうでもない。今ここで急に男の気が変わって帰れと言われたら、私はそうする。

「まあ、いいさ。最後までできれば俺はそれでいい」

男の手がスカートに添えられた。そのまますするりと中に入り込んだその指先が、下着越しに私の秘部に触れる。誰にも触れられたことのない場所。

「ひぁっ！　や め……そこは……っ」

なぞるように擦られただけなのに、摩擦で燃え上がったみたいにそこが熱くなる。下腹部がきゅっと締め付けられたような感覚は、私の全身を痺れさせ脳を貫いた。

たぶん、私はこの感覚を一生忘れられない。それくらいの衝撃だ。

「イッたのかと思ったが、さすがにまだだよな」

男が何かを言っているものの、頭の中に綿でも詰まっているみたいに何も考えられない私の耳には届かない。

「この程度でヘタッてたらもたねぇぞ？」

耳元で男の声がする。

なんでこんなに近くで声がするんだろう。

私は自分が男にすがりつくような格好になっているのに気付いていなかった。何かに掴まっていないと落ちてしまう気がして、男のシャツを握り締め、その肩に顔をうずめる。

男は私の様子を見て短く息を吐いた。それは呆れているというより、何かを堪えるみたいなため息だ。

「お前を襲ってるの、俺だぞ。お前……犯し甲斐ありすぎだ」

低く囁かれたその言葉は、粘度の高い蜜のように私に絡みつく。

男が私を抱いたままゆっくりと体を倒す。お互いに向かい合って寝ているようになったのは一瞬で、すぐに体を起こした男は横倒しになっている私の上に覆い被さった。

――気付けば、私は荒い息を吐きながら指を受け入れていた。

ずらされたショーツの間から入り込んだ男の指が私の中をかき混ぜるように動く。触れられた部分がじりじりと熱くなっていく。

これが、いわゆる感じているっていう状態なのかな。

触れられるたびに自分のものじゃないみたいな甘い声が漏れて、下腹部が熱を帯びていく。

指なんて明らかな異物なのに、嫌じゃないと感じる自分がいた。

今行われている行為以外のことが考えられなくなって、私は男のシャツをさらに強く握り締める。そうでもして意識を違うところに向けないと、おかしくなりそうだ。

「いい感じになってきたな」

「も、やめて……ひぁっ！」

せめて声だけでも抑えようと歯を食いしばって堪えていると、それまで添えられているだけだった指が突然花芯に触れた。想像もしていなかった刺激に、理性も何もなく淫らに体が震える。

さらに男の指が一本から二本に増やされて、私はいよいよ堪え切れなくなった。

「だめ……もう、これ以上しないでぇ……！」

男の肩にしがみついて懇願する。これ以上は無理だ。指だけでこんなになるなら、このあとなんて絶対無理。どうにかなってしまう。

「ごめんな、さい。やっぱり私に、は……んんっ！」

うまく呼吸ができない。自分の体に自分がついていけなかった。

体をよじって男の指を抜こうとしたのに、駄目だと言わんばかりに男の指がさらに奥へと入り込む。

「ここまで来てそりゃねぇだろ。お前は感じてるだけでいい」

そう言って男はわざとらしく水音を立てて私の秘所を弄った。触れられると一番ぞわぞわする部分をわかっているように、重点的にそこを指の腹で擦る。

「はっ……ん、やああっ！」

私の中に蓄積されていた熱が、堰を切ったように零れ出た。刺激が脳天を突き抜けて鳥肌が立ち、全身の皮膚がピリピリと痺れる。

頭の中が快楽に支配されて、全身から力が抜けた。

私が荒く息を吐く以外の音は、部屋から消え失せたみたいだ。奇妙なくらい静かで、耳が痛い。

どれくらい時間が経ったんだろう。異様に長く感じただけで実際は数十秒ほどのことだったのかもしれない。

ゆっくりと私の中から指が抜かれる。それにより溢れた温い液体が、太腿を伝ってシーツにシミを作った。

男は上体を起こすと、私のショーツに指をかけて一気に引きずり下ろす。そして私の膝の裏を掴んで広げた。ついさっき出会ったばかりの男の前に、自分の秘所が曝される。触れる空気でさえも刺激になって、再び温い液体が零れ落ちた。

広げられた脚の間に男が腰を落とす。冷静に考えなくても、とんでもない状況なのはわかる。

でも、カチャカチャと音を立てて男が前をくつろげ、赤黒く屹立したものが露わになっても、逃げるという考えは浮かばなかった。

その先端が私の中に入り込んで初めて、私は抵抗した。

「待ってっ！」

熱の塊が入り口を塞いで、じりじりと奥に侵入してくる。まだ先端なのに指とは比べ物にならない圧迫感と熱量。

私は逃れようと腕に力を込める。けれどなけなしの力でも、男の腕に敵うはずがない。

「痛い！　ねぇ、抜いてぇっ！」

私の中は、男のものを受け入れるには小さすぎるんだと思う。それを無理やり広げるように押し入られて、ピリッと破れてしまうんじゃないかと怖かった。

男の胸に手を伸ばしてぐいぐいと押すものの、男はピクリとも動かない。けれど、私があまりに嫌がるからか、男はため息をついて動きを止める。

「大丈夫だ。さすがに壊しはしねぇよ。できるだけゆっくりやってやるから、力抜け」

「む、無理……入れるなんて、あんなの……」

さっき見たくなくても見えてしまったこの男の一物は、どう考えても指より太くて長かった。しかも私はセックスなんてするの初めてだ。いきなりあんなのが入るわけない。

「力みすぎなんだよ。そういう風にできてんだから、ちゃんと入る。俺が保証してやるよ」

そんなこと保証されても嬉しくなかった。というか、こんなにも痛いのに信じられるわけがない。

「私じゃ、無理です。ごめ、んなさい」

「……なんでお前が謝るんだ」

「だって」

たぶん、私は軽く考えていたのだ。彼氏のいる友達からたまにそういう話を聞くけど、そんなに辛いとかは言ってなかったから。

「初めてなら仕方ねぇよ。むしろ、俺なんかで悪かったな」

「そういうこと言ってるんじゃ……いっ！」

男が再び動き始めて、私は痛みで顔を歪めた。

無理だって、こんなの。

やり場のない苦痛を、男の背に爪を立てて紛らわす。それなりに痛いはずなのに、男は一切そんなそぶりを見せなかった。むしろ、それで気が紛れるならそうしろとでも言うように、私のほうへ体を倒す。

「……っ、あ……ん」

やがて奥に触れたような感覚で、男の動きは終わりを迎えた。

それを合図に、ただでさえ圧迫している男のものを私の中が一層強く締め付ける。同時に感じた痺れるような甘い快楽が痛みを上回って全身を支配した。

男の表情が苦悶で歪む。この男の苦しげな顔は初めて見る。

「なんなんだよ、お前」

必死に何かを堪えているような表情で、男はさらに奥へと自分のものを押し込んだ。

つい数十秒前の私なら、そんなことをされたら痛みのあまり叫んでいただろう。けれど今は鈍い痛みを感じるだけ。むしろ全身を巡る快楽で心地よくすらある。

そしてついに男のものがすっかり私の中に収まった。互いに完全に体を密着させながら、私たちは荒く息を吐いて見つめ合う。

時間が異様にゆっくりと流れる中で、男が瞬(まばた)きをする。その問いかけるような視線に対して嫌だと首を横に振ると、男はゆっくりと私の中に収まっていたものを抜いた。

抜き出されたものは、最初に見たときより明らかに質量も熱量も増している。

「お、わり……?」

体の中に残る快楽が麻酔代わりになっているからか、膜を隔(へだ)てたように痛みは鈍い。

終わったのなら、と全力疾走した後のような心地いい疲れとまどろみに身を任せようとした瞬間、男が再び私の中にさらに大きくなったそれを入れた。

「ひっ……ああっ!」

予告なく入れられたそれは、ズブズブと私の中に押し込まれていく。一度入ったからか、さほど抵抗もなく再び奥に収まった。

「お前の中、最っ高に居心地いいな。さっきは持ってかれるかと思った」

そう言って男は腰を動かし始める。きついからか、ゆっくりとだ。それがかえって焦(じ)らされているようでもどかしい。

痛みはもうほとんどなかった。体の芯からゾクゾクする感覚に支配されて、私はおかしくなってしまったみたいだ。

すっかり解れたところに、男がとどめのように剛直を叩き付ける。激しく暴力的な快楽に連続して襲われた私は、意識を保とうとするのを諦めた。

やがて私の中で男の欲望が弾ける。ほとんど同時に私はそれ以降の記憶を失った。

‡ ‡ ‡

目を覚ましたのは、知らない部屋だった。

寝ていたのはシンプルなベッドの上。ビジネスホテルみたいな部屋に、私はいた。

ぼんやりする頭の中に、記憶が途切れる前の一連の出来事が映像として流れていく。

もしかして全部夢だったんじゃないかなという希望は、全身の倦怠感と下腹部に残る痛みに否定された。

私は起こしていた上半身を再びベッドの中に埋める。恥ずかしいとかそういうことを思う以前に、体が疲れすぎていて何もしたくない。

そうしてただ天井の汚れを眺めるだけで時間は過ぎていく。ようやく動こうと思えたのは、窓から差し込む光が私の顔にかかり、眩しくなった頃だ。

辺りを見回しても男の姿はなかった。部屋も全く見覚えがない。

どうやら私は疲れ切ってほぼ気絶同然に寝ていた間に、どこかのビジネスホテルに移動させられたらしい。その証拠に、サイドテーブルの上には私の鞄と並んで、部屋番号の書かれた木製のキーホルダーがついたルームキーが置かれている。

「……あれ、って」

加えて、鞄の中には、見慣れない茶封筒が突っ込まれていた。

私は動きたがらない腕を無理やり持ち上げてそれを手に取る。

妙に厚みのある封筒だ。面倒で、ビリビリと端を破り、中に入っているものをベッドの上に出す。

紙の束が音を立ててシーツの上に落ち、そこでようやく私ははっきりと目を覚ました。

「うわ……」

封筒の中に入っていたのは札束。私は、あの男に買われたんだ。

恐る恐るその紙幣を手に取って枚数を数えていく。確か、二十五万円って言ってたけど……私なんかの処女にそんな価値はあったんだろうか。

「……二十三、二十四、二十五……!?　え?　これで半分?」

最後まで数えてみた結果、一万円札が五十枚――五十万円だった。

倍になってる。

うっかり何かの手違いで、違うところに持っていく封筒を私の鞄に突っ込んだとか?

だって昨日のあれで五十万って……確かに一方的に色々とされたけど、ほとんどされるがままで、私自身が何かしたかといえばそんなことはないし、当然、特殊なプレイを強いられたわけでもない。

何かの間違いじゃなかろうかと茶封筒の中を覗き込む。底にコピー用紙をちぎったみたいな白い紙と錠剤が入っている。指を封筒の底に突っ込んで紙のほうを取り出した。

殴り書きで、料金は支払い済み、チェックアウトは十四時だからそれまで好きに使え、上乗せで五十万といった内容が書かれている。

どうやらこの五十万円は間違いなく昨日の行為の対価らしい。

いやいや、ありがたい……のかな、これ。というかこのお金の出処が怖いんですけど。すごく使いにくいお金だ。借金抱えて困ってるとかいった事情はないし、とりあえずこれはへそくり的な感じで引き出しの奥にでも入れておこう。

私は慎重に札束を茶封筒の中に戻す。中のお札がはみ出て見えてしまい、適当に封を破いたのをちょっとだけ悔やんだ。

「はぁ……」

鞄の中に封筒を入れ直し、長く息を吐いてベッドに倒れ込む。首だけ動かしてベッド脇の時計を見た。

時刻は午前十一時。昨日のあれが一体何時に終わったのかは記憶にないけど、結構遅くまで寝てしまった。

今日が土曜日でよかった。平日で出社だったら絶対仕事なんてできなかった。全身が筋肉痛みたいだし動く気力もない。

……そういえば、服は？

そこまで考えて、私はガバッと跳ね起きた。服を着た記憶がない。素っ裸のまんまとかだったらどうしよう……。その心配は、幸い杞憂に終わる。

なぜか、なぜか、私はこのホテルの備え付けらしきバスローブを身につけていた。さらに、昨日着ていた服はきちんと折りたたまれて椅子の上に置かれている。

とりあえず、帰りはどうしよう問題は片付いた。でも、ここで疑問が一つ。

そもそも私はどうやってここまで運ばれたの？

移動させたのは、きっとあのマンションの場所がバレるのを避けるためだ。兄貴と呼ばれる、あの男は明らかに訳ありだったし。狙われてるとかそういう込み入った事情があるに違いない。もう関わることはないだろうから詮索はしないけど。

え、まさか素っ裸でここに運ばれた感じ？　あのあと、そのまんま？

それにこれまで気付いてなかったけど、私の体けっこうよろしくない。汗でベタベタしているし、あの部分に至ってはまだ湿り気を帯びている。

……この状態で放置するとか、ちょっと許しがたいのですが!?

まあだからといって、きれいさっぱりしてたらそれはそれで怖い。

やっぱり今回のことについて深く考えるのはやめよう。精神的にそのほうがいい気がしてきた。

疲れてはいるものの、不思議と気分は悪くない。

かなり強引なセックスだったとはいえ、最終的に私自身も気持ちよくなってたところもある……うん、きっとそういうことだったんだ。むしろいい年して未経験、ということにならなくてよかったんだきっと。そんなこともあったな程度に思っておこう。

そのあと、アフターピルだった、あの錠剤を呑む。

せっかく起き上がったことだし、シャワーでも浴びようかなとベッドを下りる。けれどうまく脚に力が入らず、私はベッドからずり落ちるように床に移動。這いずってシャワールームに向かうことになった。

結局このホテルを出る準備が整ったのは午後一時を回ってから。しかもろくに動けないから、部屋を出るときにホテルの清掃員の人の視線が大いに刺さって、それが一番恥ずかしかった。

2

勘違いであの男に買われてから、はや一週間が過ぎた。

何事もなかったみたいに月曜日から仕事。注文のリスト作成や先方とのメールのやり取り、クレーム対応に新製品のチェック。その他諸々の業務をこなしているうちに、再びやってきた金曜日。

私の中に残滓のように残っていた熱は、日常に溶けてほとんど消えていた。

一時間ほど残業をして、夕ごはんは外食で済ませてしまおうかななんて考えながら、いつもの帰り道をてくてく歩く。すると、あの潰れたパチンコ屋の前にボックスカーが停まっているのが見えた。

気にせず通り過ぎようとしたそのとき、ボックスカーのドアが開く。ものすごく見覚えのあるチンピラ三人組が私の前に立ち塞がった。

何、このデジャヴ。

「あーっと、先週はすみませんでした」

申し訳なさそうに三人組のリーダーっぽい男が言う。

まさか、先週の人違いを今謝りに来たの？　遅くない？　謝罪系の対応は可能な限り早くが基本でしょう。

そう思えるくらいには、私に余裕はある。だって二度目だし。

もうほとんど気にしていないのに、なぜわざわざ謝りに来たのかとすら思っていた。

「別に、もう構わないんですけど。それだけでしたら失礼します」

もしかしてこのパチンコ屋の前が女の人と待ち合わせる場所になってるのかな。それで私の姿が見えたものだから謝ろうとしてくれたと、そういうこと？

軽く頭を下げて、私はその三人組の横をすり抜けようとする。

「え、ちょ……待ってください」

けれど三人組は、再び仲良く並んで私の前に立ち塞がった。謝罪はちゃんと受け入れたし、それ以外に用事なんてないでしょう。

そう言うと、三人組は首を思いっきり横に振る。

「女の人の迎えじゃないんですか？　私がいたら邪魔ですよね」

「確かに俺らは迎えですけど、デリヘルの女じゃなくて、あなたを迎えに来たんですよ」

「……は？」

言っていることの意味がよくわからない。だってもう関わることはないはずでは？

三人組もよくわかっていないらしく、困った表情でお互いに顔を見合わせている。

「こんなこと初めてなんで正直俺らも戸惑ってるんすよ。今回は縛ったりとかしないし、ちゃんと座ってもらうんで、とりあえず乗っていただけませんか」

「いや、理由がわからないんですけど。さすがに、はい、いいですよって、乗るわけには……」

もしかしたら騙されているのかもしれないと、私は考えた。ほいほいついていって気付いたら妙ちくりんな店に売られてました、なんてことになったら笑えない。

「兄貴があんたに用があるって……」

「なんか、確かめたいことがあるとか言ってました」

確かめたいこと？　あの日、何かあったっけ……？　思い出そうにも最後のほうは疲れすぎていて、記憶がおぼろげだ。

というか何、思い出してるんだ私。

この三人組は私が何をされたか知っているわけで、そう考えると余計に恥ずかしい。

もしかしてお金のこと？　五十万円はやっぱり払いすぎだったと思い直したとか？

まあ、まだ一円も手を出してないから、きっちり返却できますけど。

「お金なら取りに帰らないと……」

「たぶんそれは違います。その、とにかく俺らを助けると思って、お願いします！」

チンピラ三人に土下座せんばかりの勢いで懇願され、それに押された私は頷いてしまった。どうやら私は押しに弱いらしい。

私が頷いたので、三人組は重荷から解放されたような晴れ晴れとした表情で私を車に案内する。ドアを開け、後部座席を示した。私がシートベルトをすると同時に、車が勢いよく走り出す。

「あの、出発したばかりで悪いんですけど、目ぇ閉じてもらってていいですか。場所が割れるのはまずいんで。不安でしたら俺の持っててもらっていいんで」

そう言って私の横に座った一人が、何の躊躇もなく拳銃を差し出してきた。

「い、いらないです……」

私は若干引きながら辞退する。

これ、よくできたモデルガンですね。なんて言えたらよかったけど、雰囲気的にマジのやつだ。とてもじゃないけどそんな物騒なもの、一般人には持てません。

「ほんと、何もしないんで。誓って。つうか、手ぇ出したら兄貴に俺ら殺されると思うんで」

拳銃といい殺される発言といい、さっきからめちゃくちゃ不穏なんですけど。

「……ヤバいことに巻き込まれるのは嫌なんですが」

「それは大丈夫です！　こっちのことには巻き込みません！」

こっちのこと、ヤバいことなんだ。

いや、揚げ足取ってる場合じゃない！

とりあえず、争いごととか面倒ごととかに巻き込まれるってわけではないんだよね。

もう車に乗っちゃったし、今さら降ろしてもらえるわけがない。

返事の代わりに私は目を閉じる。薄目くらいなら開けていてもバレないかななんて考えたものの、そんなことしたっていいことはなさそうだ。諦めてちゃんと目を閉じる。

私が大人しく目を閉じたからか、三人組はホッとしたような息を漏らす。無言のまま車はどこかに進んでいった。


「――もう目を開けてもらって大丈夫です」

そんな声がして、私はゆっくりと目を開けた。

辺りを見回してみると、そこはまた地下の駐車場らしき場所だ。完全に車が停止したことを確認した私は、自ら車を降りる。

「こっちです」

三人組の一人が私を明るいほう――エレベーターホールに案内した。

「……あれ？　ここ、前のとこと違いませんか」

たしか先週連れていかれたところは、ここと同じように高級ですよって雰囲気を主張していたものの、内装が違う。先週の場所は確か赤が基調だった。今回はモノトーンが基調だ。

「そうです、違うマンションです。薄々勘付いてるとは思いますが、兄貴はいろんなところに恨み買ってるんで、何箇所か持ってるんですよ」

ああ、やっぱりそういう感じなんだ。考えるのはよそうと思っていたけど、私、けっこうヤバい部類の人と関わりを持っちゃったんだね。

だからといってここまで来てしまったらあとには引けない。私は下りてきたエレベーターに乗る。

私に気に入らない何かでもあったんだろうか。もうどうにでもなれ。

「三十四階です。階数押せば兄貴が確認して上げてくれると思うので、お願いします」

言われた通りに、三十四階のボタンを押す。エレベーターのドアが閉じて、ホールが見えなくなった。しばらく無音になり、やがてエレベーターが僅(わず)かに振動して電光掲示板の階数表示の数字が大きくなっていく。軽い電子音と共にエレベーターの扉が開いた。

扉が開ききる前に間から無骨な手が伸びてきて、私の腕を掴む。

「……来たか」

そのまま腕を引かれてエレベーターから降ろされた。

私は手から腕、肩と視線を移動させて、自分の腕を掴む手の主を見る。

先週の夜に私を買って抱いた男。

まさか再び会うことになるとは思っておらず、不思議な心地でその瞳を見つめているうちにエレベーターの扉が閉じた。

「あの、用事って……」

確かめたいことがあるとか言っていたけど、すぐ終わる用件なんだろうか。だとしたら、ちゃちゃっと終わらせて帰りたい。

男は私の問いには応えず、じっとこちらを見下ろしている。

数十秒後、再び私の腕を握る手に力を込めると、正面に見えるリビングルームらしき場所に私を引っ張っていって、革張りの高級そうなソファーに座るよう促した。

特に拒否する理由も見当たらないので、私は大人しくソファーに腰を下ろす。家にある安っぽい合成の革とは質感が全然違うなぁなんて感心しつつ、程よい張りのある革の感触に支えられた。

「とりあえず何か飲むか。といっても紅茶かコーヒーか水くらいしかねぇが……あとは酒だ」

「……水で」

確かに変な緊張で喉が渇いている。どうせなのでいただいておこう。

男は頷いてキッチンのほうに向かった。

その後ろ姿を見ながら用事というのはいったいなんなのか考えてみる。

先週のあれに関わることなんだろうけど、私何かしたっけ？　あの男を前にしても特に思い当たることはない。

やがて男はグラスとペットボトルに入ったミネラルウォーターを持って戻ってきた。

私の正面のソファーに腰掛けて、ボトルからグラスに水を注ぐ。

私が自分のグラスを受け取ると、男はペットボトルから直接水を飲んだ。

「ただの水だ。変なもんは入ってねぇよ」

「は、はい。ありがとうございます……」

私がすぐ口を付けなかったからか、少し不機嫌そうに言う。

確かにちょっと疑ったっていうのもあるけど、それだけじゃない。なぜか私はさっきからずっとこの男に見られているのだ。同じ空間にいる以上、ある程度見られるのは仕方ないと思うけど、こうもじっと見つめられていると居心地が悪い。

「……あの、なんでしょうか」

とりあえず水をひと口いただいてから口を開く。下手なことを言わないように、私は質問に徹することにした。

「人違いのことについてでしたら、別に怒ってるとか、そんなことはありませんから。警察にも、言ったりしませんよ？」

雰囲気のせいか、またしてもすぐに喉が渇いてきたので、私はグラスの水を一気に飲み干す。男は微妙な顔のままため息をついた。

「……それじゃねぇ。今日お前を呼んだのは確かめようと思ったからだ」

「だからその、確かめるってそういうことじゃないんですか？」

「違えよ」

男はすっと立ち上がる。そして間にあったガラステーブルを回り込んで、私のすぐ横にどっかりと腰を下ろした。その衝撃でちょっと体が跳ねる。

「え……？」

なぜわざわざ私の横に？　ヒソヒソ話にしても、この部屋には私とこの男以外にいないので、こんなに近づく必要ないよね⁉

戸惑う私をよそに、男は肩を抱き寄せて耳元で囁いた。

「抱かせろ」

「はあああ⁉」

部屋どころか、フロア中に響きそうなほど、私は叫んでしまった。のちに聞いた話だけど、あの部屋というかフロアの防音はちゃんとしているため、多少うるさくしたところでどうってことはないらしいが。

とにかく、結構な声量で私はそのとき叫んだ。

無理無理無理と首を横に振る。けれど男は私の肩にかけた腕に力を込めて、そのまま私をソファーに押し倒した。

男の劣情を孕んだ瞳が私を見下ろしている。

その瞳にはすごく見覚えがあった。

まさに先週のあのとき、この男に抱かれる直前に見た瞳だ。今回はそれよりも深い、獣に似た獰猛さを秘めていた。

その刹那、先週の出来事が鮮明に蘇る。まるでこの状況が前回の続きのようで、自分の体がカッと熱くなるのを感じた。

「だめ、だめです！　っていうか一回きりだって言ってたじゃないですか！」

動揺をこの男に感じ取られたくなくて、私は両腕を突っ張って拒んだ。

「ちゃんと金は払う。前と同額……いや、倍でもいい」

「そういう問題じゃないです！」

先週貰ってしまったお金には手を付けていない。冷蔵庫と洗濯機、テレビが全部同時に煙噴いて壊れたら使おうかなくらいに考えていた。

「なんで私なんですか！　私よりその……上手な人は一杯いると思いますよ？」

一応先週は満足していらっしゃったようだけど、ほぼ全部この男がやることやって、私はまな板の上の鯉みたいになってましたよね。お気に召す要素ありました？

「なんか違ぇんだよ。先週お前とヤってから、その辺の女じゃどうも物足りなくてな」

「いやいや、デリヘルなどのお姉さま方で不満なら、私なんてなおさら物足りないでしょう。お姉さま方が高級ステーキだとしたら、私なんて味付けもしてない、ただ焼いただけの割引肉ですよ」

「そういう比較じゃねぇ。ものすごくカレー食いたいときに、アジの開き出された気分なんだよ」

「……すごくわかりやすいですけど、どっちかというと私はアジの開きのほうじゃないですかね？」

アジの開き、すなわち残念なほう。

「じゃあ逆でいい。とにかく、俺が食いたいのはお前なんだよ」

男は私の腕を払いのけて、再び強くソファーに押し付けた。

「今週ずっとモヤモヤしてんだ。お前が原因なのかどうなのか」

「た、確かめたいことってまさか……」

「そうだ。抱かせろ。沢木梢」

突然フルネームで名前を呼ばれて、私の肩がビクッと震える。

名乗った覚え、ないのに。

「どうして私の名前……」

「鞄（かばん）の中に社員証入ってたからな」

拒否権はないと言わんばかりに、男は私の会社名と生年月日、果ては住んでいるアパート名まで口にする。そこまでの情報は、さすがに社員証には記載されていない。さてはこの男、私の財布を開けて免許証も見たな！

「……ついでだが、レシートはちゃんと整理しろ」

そんなことまで言ってくるが、余計なお世話です！

「勝手に財布見といてなんなんですか！」

「……怒るとこはそこかよ。仕方ねぇだろ。いくら人違いとはいえ、素性がわからねぇ女を放置できるか」

だからって、見ず知らずの男に財布の中を見られて気分いいわけないじゃないですか。しかも内容覚えられてるし！　あとレシートも！

「私だってあなたの素性知りませんから！　不公平です！」

「……熊谷貴也（くまがやたかや）だ」

「え？」

さすがに怒ってもいいよねと反発すると、あっさりと名前が返ってきた。

熊谷貴也。熊、すごくしっくりくる名前だ。

「別にお前は俺の素性なんざ知りたかないだろ。とりあえず名前は教えた。これでいいだろ」

「いや、よくない……」

なぜ名前を教えればオッケーということになるんだ。まあ、素性については知らないほうが良さそうだから聞かないけど。

「じゃあどうすればいい。どうすれば抱かせてくれるんだ？」

「ですから、そもそもそんなつもりはないですし、いきなり言われても困ります。というかそういうお話なら、帰りたいんですけど」

「帰すわけねぇだろ。でもな、俺だってわかってんだ、商売でやってるわけでもない女に頼むことじゃねぇってことくらい」

「だったらなおさら離してください。というか、こんな風に言いたくはないですけど……熊谷さんなら無理やりやるとか、できるじゃないですか。先週はもっとこう……強引でしたよね」

思えば先週は、こんな風に抱かせてほしいと言われ続けはしなかった。どこまでいっても、無理やりだった感は否めない。

「先週は余裕がなかったんだよ。無駄に性欲が強ぇから、十日くらい女抱いてなくて我慢できなかった」

「と、十日であれですか」

「今回は一週間だ。それに最終的に逃がす気はねぇから、まだ耐えられる」

何それ怖いんですけど。

「俺が紳士的なうちに頷いとけ。あんまり駄々捏ねるんだったら優しくはできねぇ」

だめだ。やっぱりこの男、話を聞いてくれない。

でも何を言っても結局やられてしまうんだったら、これ以上嫌がっても意味がないことくらいはわかる。

「じゃ、じゃあ、心の準備する時間ください」

「わかった。何秒必要だ？」

単位秒なの!?　天空の某悪役でも三分間は待ってくれるのに、秒!?

「もうちょっと待ってください！　とりあえず一回落ち着いてください！」

「落ち着くのは無理だ。正直、お前が来てからずっと勃(た)ってんだよ」

「へ、変態っ！」

「男なんてそんなもんだ」

そう言いながら熊谷さんは、私の肩から手を離して体を起こすのを手伝ってくれる。

起き上がった私は、テーブルの上に置きっ放しになっていたボトルの水をグラスに注いで飲み干した。

落ち着くんだ私、先週はなんとかなった。今回もたぶんこの人の気の迷いか何かだから、三度目はきっとない。うん。

自分でもよくわからないまま決意を固めてみる。

けれど、そんなにすぐ踏ん切りがつくわけもなく……

そうこうしているうちに立つように言われ、拒否すると、ひょいっと持ち上げられた。

「ちょ……まだダメですって！」

バタバタと暴れているのをものともせず、熊谷さんは私をベッドの上に放り投げる。

ベッドが柔らかめだったから痛いとかはないけど、投げることはないでしょう。

起き上がって抗議しようとすると、すぐに上から押さえ付けられて私はベッドに沈み込んだ。

熱を帯びた瞳が私を見下ろしている。

これ、結局ソファーからベッドに場所が移っただけで、何も変わってない！

「わかってる。すぐ入れはしねぇよ」

その言葉に思わずびくりと体を震わせた私を熊谷さんは満足げに見下ろすと、私の耳にそっと息を吹きかけた。たったそれだけで全身からカクリと力が抜けて、ベッドに体が沈み込む。

抵抗しようとした手は頭の上で押さえ付けられたまま、微動だにしなかった。

「そうだ、それでいい」

熊谷さんの指先がショーツの上から秘所に触れる。

軽く指を立てて擦られただけで、体の内側が先週刻み込まれた快楽を想起し、切なく疼く。

「あっ……だめ……」

クロッチが湿り気を帯び始めたのを確かめると、熊谷さんは指先を内側に滑り込ませて直接、花芯を擦った。指先がほんの僅かに動くだけで、体がピクピクと震える。

私を見下ろす熊谷さんの黒い瞳に映る自分の顔。この人にはこう見られているんだと思うと、恥ずかしくなった。

「体は忘れてねぇみたいだな」

そんな声と共に、私の中に男の無骨な長い指が入り込む。内側を広げるようにかき混ぜられて、溢れた蜜がショーツを濡らした。

「お願い、んんっ……やめ……」

「そんな顔で言われてもなぁ」

熊谷さんは低い声で笑うと、いつのまにか二本に増やしていた指を焦らすようにゆっくりと引き抜いた。

「見てみろ、お前の中はもうこんな濡れてんだ」

見せつけるように私の目の前に現れた指には、蜜が寝室の明かりを反射して妖しく光っている。熊谷さんはその粘度を確かめるように指を擦り合わせた。

私はその様子を呆然と見上げることしかできない。

「そうだな、上がまだだったか」

わざとらしくそう言った熊谷さんは、ブラウスと下着を慣れた手付きで捲り上げて、露わになった頂に歯を当てる。

軽く挟まれた胸の先端を柔らかく熱いものに撫でられて、喉がひとりでに震えた。もう片方の胸は感触を確かめるように柔く掴まれている。

「あっ……ううっ」

ようやく自由になった両腕で熊谷さんの肩を押すものの、震える私の腕なんかじゃびくともしない。

「それで抵抗してるつもりか？」

煽るように言った息が、唾液で濡れた頂に触れる。ヒヤリとする感覚に、尚さら腕の力が抜けていった。

「いい子だな」

空気に触れて冷えた指先が再び内側に滑り込む。

胸と秘所を同時に弄られて何をどう感じればいいのかわからない。喉から零れる細い声だけがその正解を語っている気がした。

「そろそろいいか」

「ま、って。まだ無理っ……んんっ！」

そんな声と共に、私の中に熱の塊が入り込んだ。

肉壁をかき分けるようにして奥へ奥へと侵入してくるそれを拒みたくて、私は脚を閉じようとする。けど、熊谷さんが許すはずもなかった。膝の裏を掴まれて片脚を高く上げられる。

「十分すぎるくらいだ。なんなら先週よりも感じてたんじゃねぇか?」

彼は指で入り口を大きく広げると、さらに深く腰を沈めた。

「ひゃっ……ううっ……」

中が熊谷さんのもので擦れるたびに、勝手に口から嬌声が漏れる。

さすがに初めてのときほどは痛くないけど、やっぱりサイズが合っていないとしか思えないくらい張っている。先週これが全部入ったなんて信じられない。

「だから力抜けって。先週は最後のほう、できてたじゃねぇか」

「あ、れはちが……んんっ!」

「何が違ぇんだ。完全に解れてイきまくってたくせに。まあ、俺もかなり楽しんだがな」

熊谷さんはそれを思い出しているのか、期待するような笑みを浮かべた。

さらに奥へと自分のものを押し込み、最奥に先端が触れたのを感じたのか、その笑みを深める。

「ちゃんと入ったじゃねぇか」

何かが弾けたような感覚に身を震わせている私を恍惚とした表情で見下ろし、私の頬に手を伸ばした。そして汗で貼り付いた髪を払うと、指を私の口の中に入れる。

舌を柔く押さえられて、抵抗したらまずいと本能が告げる。

「もう少しだ」

その言葉と共に、熊谷さんの剛直がぐっと中に突き立てられる。ビリビリと頭が痺(しび)れて、一瞬何も考えられなくなった。

無意識のうちに上げていた声は、舌を押さえられているせいで間の抜けた奇妙な音になり外に漏れる。

そのまま熊谷さんは体を密着させ、ゆっくりと腰を揺すった。中のものの角度が変わるたびにその刺激が何倍にもなって全身を蝕(むしば)む。

「ふ、ひゃめ……」

体に力が入らない。

声もまともに出せない。

その代わりに熊谷さんのものの触感、温度、鼓動がまるで手に取るようにわかる。

私は全神経で熊谷さんを感じていた。

熊谷さんはしばらくそうして自分のものを覚えさせるように、じっくりと私の中になじませていく。すっかり広がった私の中は未だ締め付けながらも、確かにそれを受け入れた。

その変化を感じ取った熊谷さんが私の口から指を抜く。そして、膝を抱くように両腕を私の脚に回した。

これはまずいと察知すると同時に、熊谷さんが私の中から剛直を一気に引き抜き、それを再び力任せに奥へ叩き付ける。さらに膝に回した腕にタイミング良く力が込められ、より深く剛直を押し込んだ。

肉と肉のぶつかる音と悲鳴にも似た声が寝室に響く。

連続して襲いくる快感で意識が飛びそうだ。

飛ばしてしまったほうが楽なのかもしれないけど、それは嫌だと、私はシーツを掴んで必死に堪える。シーツ越しに爪が自分の掌に食い込んで、その痛みでなんとか理性を保つ。

「あっ、んんっ！　とめてっ！」

「もうじき、止めてや……クソっ、こりゃ最短かもしれねぇな」

とどめとばかりに一層強く腰が叩き付けられた。その直後、熊谷さんのものが私の中で質量を増して、大きく脈打つ。

次の瞬間、熱く粘つく液体が私の中に吐き出された。

熊谷さんは荒く息を吐きながら、ずるりと私の中から剛直を抜く。後を追うようにドロリとしたものがゆっくりと私の尻を伝って落ちた。

とりあえず、終わったのかな。

そう安心できたのも束の間、突然うつ伏せに転がされた。腰を持ち上げられて、私は慌てる。

「ま、待ってください！　これ以上は……」

「まだだ。確認は終わってねぇ」

少し息を上げ、余裕のなさそうな口調で熊谷さんは言い、私の中に指を入れてかき回す。確かめるように何度か抜き差しを繰り返し、やがて私の中に再び熊谷さんのものを入れた。その質量と熱は、さっき吐精したばかりとは思えない。

けれどもう十分すぎるくらい濡れているからか、あっさりとそれは最奥に到達して私の体を淫らに揺らす。

「ん！　あっ、あっ……や、あし、たたない……」

さっきの時点で私はとっくに絶頂に達していた。骨が抜けたみたいに体はぐずぐずで、なんとか崩れ落ちないようにするのが精一杯だ。

「支えてやるからお前は感じてろ」

「やだぁ……はなし、てぇ……」

「力入らねぇなら、全部終わるまで大人しくしてればいい」

「む、り……んんっ！」

勝手に上がる声が掠れてきた。熊谷さんにも聞こえているはずなのに、彼は力を緩めることなくなおも抽送を繰り返す。

結局、二度目どころか三度目の吐精が終わるまで私は解放されず、終わった頃にはすっかり声を出す気力も失って、熊谷さんの腕が離れた瞬間、気絶するように深い眠りに落ちていった。

‡ ‡ ‡

どこからか漂ってくるコーヒーの香ばしい匂いで私は目を覚ました。窓から見える陽はとうに高く昇っていて、四角く切り取られた青空の中に浮かんでいる。

そして何気なく息を吸った瞬間、自分の喉がカラカラに渇いているのに気付いた。

昨夜の出来事を思い出す。

あのあと、どうなったんだっけ。

今回もまたどこかのビジネスホテルに連れてこられたのかと思って、首だけを動かし辺りを見回す。けれどそこは見覚えのある部屋で、私が寝ていたシーツは獣が暴れたみたいにぐちゃぐちゃに波打っていた。

急に背中辺りのシーツのシワが気になり、私はゆっくり起き上がる。全身の筋肉が縮こまったみたいにうまく動かない。

呻き声を上げながらも、なんとかベッドの端に移動して脚を下ろす。そこで自分が丸裸なのに気付いて軽く血の気が引いた。

なんて格好してるんだ私。

前は起きたときにバスローブを身につけていたおかげでダメージ少なめだったけど、今回は完全に裸で、なんなら汗なのかなんなのかわからないものがうっすら浮いている。

居た堪れない気持ちになって、咄嗟に薄手の掛け布団で体を覆った。

誰に見られているわけでもないけど、なんとなく。

「——ああ、やっと起きたか」

そう言ってコーヒー片手に現れたのは、私をこんな目に遭わせた張本人——熊谷さんだ。

彼はどこかに出掛けるのか、きっちりとしたスーツ姿で、こうして見ると敏腕ビジネスマンに見えなくもない。まあ、顔の傷等々を無視すればだけど。

「あ……」

何かを言いかけた声があまりにも嗄れていて、私は思わず口を閉じる。

それを見た熊谷さんは短く笑うと、水を取りにいくと言って再び姿を消した。

「ほら、飲め」

すぐに戻ってきて、冷えたグラスに入った氷水を私の口元に当てる。ゆっくりと注ぎ込まれるようにして、私の口の中が冷たく甘い水で満たされた。

むせないように慎重にそれを飲み込むと、いくらか喉が楽になる。

グラスの水がなくなるまで熊谷さんはそうして私に水を飲ませた。空になってもまだ少し物足りなさを感じつつ、私は熊谷さんを見上げる。

聞きたいことがいくつもあった。

「なんで、前と違うんですか」

「前と違う……？　ああ、ホテルに連れてったことか」

その問いに私は頷(うなず)く。

先週は目が覚めたとき、知らないビジネスホテルで寝かされていた。当然、熊谷さんもいなくて、文字通りやるだけやられて放り出されたのに。

「普段はしねぇよ。大抵は用が済んだら車で帰すからな。でもさすがに先週のお前をそうするわけにもいかなかったし、俺も用事があったんでああなった」

もうちょっと体力つけたらどうだと熊谷さんが言う。

……絶対に私の体力だけの問題じゃないと思うのですが。

じっとりとした目で見ると、彼はきまりが悪そうな顔になって目を逸(そ)らした。

「いや、悪かった。気持ちよすぎてやりすぎた」

……そんなこと認められたところで、どう反応しろと⁉

私は掛け布団の中に逃げ込みたいのを堪えて熊谷さんを睨む。虚勢でしかないけど、そうでもしないと頭が爆発しそうだ。

「ま、満足したんですよね！　じゃあ私、帰りますから……うわっ！」

ベッドから下りて立ち上がろうとして、思った以上に脚に力が入らないわ痛いわで、バランスを崩す。床とこんにちはする覚悟を決めたところで、力強い腕で抱き止められる。

「無理すんな。休みてぇなら休んでろ」

目の前に熊谷さんの顔があった。昨夜は熱を帯びていた瞳が、心配そうに私を見ている。

それに気付いたとき、自分の心臓が妙にうるさくなる。私は気まずくなって目を逸らした。

「でも、帰ってシャワーとか浴びたいんですけど」

「それくらい貸してやる。その状態で出ていく気か」

「誰のせいだと……」

「俺だな」

熊谷さんは悪びれもせずそう言うなり、そのまま私を抱きかかえて歩き始める。体が浮いて一瞬わけがわからなくなっている間に、掛け布団がするりと床に落ちた。

「え、ちょ……あれ、取ってください！　っていうか下ろしてください！」

「今さらだろ」

「見ないでください！」

「だから、今さら何言ってんだ」

全く取り合ってもらえず、けれど暴れたら落下するのは目に見えているため動けない。

私は彫像みたいに固まって大人しく運ばれるほかなかった。

「好きに使え」

どこのスイートルームだと突っ込みたくなるくらい広くて優雅なバスルームの椅子に座らされる。羞恥（しゅうち）よりも好奇心が若干勝って、私は物珍しさからバスルーム内を見回した。

あのスイッチ類はまさか水流とかのあれだろうか。というか浴槽広すぎない？　私のアパートの浴槽の六倍くらいあるんですけど。お湯張ってあるし……光熱費と水道代すごそう。

って、他所（よそ）の家の家計を気にしている場合じゃない。とりあえず体洗わなきゃ。

シャワーを済ませて、少し湯船にも浸（つ）かる。

脚の伸ばせる大きいお風呂は、実家に帰って以来だ。広すぎて逆に違和感がある。

温かいお湯に包まれてこのまま寝てしまいたいなぁなんて思ったものの、そんなことしたらこの広いお風呂では溺れるだけだ。

それに今、私はめちゃくちゃお腹が空いている。よく考えると、昨日の昼ごはんから食べていない。

溺死より先にごはんだ。

うっかり寝てしまう前にお風呂から出て、さっき通過した脱衣所でタオルを探す。服とかどうすれば……と思って確認すると、バスルームの扉の脇に棚があって、そこにタオルとガウン、私の下着一式が置いてあるのを見付けた。下着が洗濯済みなことについては触れないでおこう。

温まったからか、少し体が軽くなった気がする。

ガウンを羽織った私は、脱衣所の扉に手をかけた。そして思う。この格好で平然と出ていけるものなのか、と。

シャワーを浴びたら帰れるって思ってたけど、そもそもどうして今回熊谷さんは私を適当なビジネスホテルに置いていかなかったんだろう。彼にとってみれば私はただ買っただけの女だ。私のアパートの住所もわかっているのだから、寝ている私をアパートに戻しておけばいい話なのに。こうしてここに長居させる必要はない。

熊谷さんはたぶんヤクザとかマフィアとか、そういう部類の人だ。入れ墨とか見たわけじゃないのは、行為の最中に熊谷さんが服を着てたから。

――こんなマンションを複数所有するおそらくヤクザ。私一人くらいどうとでもできるよね。もしかして、いやまさか……

「おい、どうした。動けねぇなら運んでやろうか」

「ひゃあっ！」

脱衣所の扉がひとりでに開く。

熊谷さんは尻餅をついた私を怪訝そうに見下ろした。

「……大丈夫か？」

大丈夫じゃないです。

そう伝えたところでどうしようもないから言わない。

熊谷さんは私の腕を引っ張って、立つのを手伝ってくれる。そのままダイニングに連れていかれて、高級そうな椅子に座るよう促された。

言われるままに腰掛けると、椅子の角度を変えて机が正面になるようにしてくれる。

えっと、これはどういうことでしょう。

「あの、私……」

「食ってから話す。座ってろ」

ごはん……

昨日のお昼以降何も食べていない、胃の中が空っぽな私は黙って頷いた。

「まあ、その辺で売ってるサンドイッチだけどな。飲み物どうする。コーヒーか紅茶か」

「……コーヒーで」

起きたときに嗅いだコーヒーの香りを思い出す。香ばしい、いい匂いだったなぁ。

そうして私の前にお皿に盛られたサンドイッチと湯気を立てているコーヒーが並んだ。正面の席、熊谷さんの前にも同じものが並ぶ。

とにかく固形物を口に押し込みたいのをぐっと堪えて、熊谷さんのほうを見る。

「変なもんは入ってねぇよ。取り替えるか？」

無害なことを証明するように熊谷さんはサンドイッチを齧った。彼が呑み込んだのを確認して、私はサンドイッチに手を伸ばす。

ふわふわのパンにしっとりしたハムとシャキシャキのレタス。味わったほうがいいのかなと思うのに、気付けば口の中から消えている。夢中になってそれを頬張った。サンドイッチってこんなに美味しかったっけ。

最後は程よく冷めたコーヒーで流し込むみたいにする。お腹一杯、ではないけど満足した。

「足りねぇならこれ食うか？」

そう言って熊谷さんが自分のお皿に載ったサンドイッチを指差す。ちょっと惹かれたものの、満足はしたので丁重にお断りした。

「そういえば、これから出掛けるんですか」

「いや、むしろ戻ってきたとこだ。とっくに昼過ぎてんだから」

きっちりしたスーツ姿だったから、てっきり出掛けるのかと思った。そしてそのままさようならかと。

けど、さあ帰れってなる雰囲気じゃなさそう。いったいこの人は私をどうするつもりなのか、帰してもらえるのか？　どう切り出そうか悩んでいると、熊谷さんは立ち上がってサンドイッチのお皿を片付ける。そして戻ってくるなり私の横の椅子に座った。

「なん、ですか？」

机を挟んでいないので、距離が近い。真っ直ぐに見つめられて、私の心臓の鼓動が速くなる。

「さっき、俺が満足したなら帰るって言ったよな」

そんなこと言ったっけ……？　あー、言ったかも。でもそれがどうかしたのでしょうか。だって私はそのためにいきなりここに連れてこられて、ごにょごにょされたわけで……

「満足してねぇって言ったら、まだいてくれんのか？」

「……はぁ⁉」

何言ってるんだこの男！　昨日の夜、散々したよね？　え、不満なの⁉　あんなにやって？

絶倫⁉　いやそれはわかってるけど！

ドン引いている私をよそに、熊谷さんは続けた。

「囲わせろ」

「え？」

「全部面倒見てやる。マンションも用意する。生活費で五十万円、あとは俺の相手したら十万だ。仕事やめてくれるんならその分上乗せする。週一は確実だから九十万はいくか……どうだ。悪くない条件だろ」

言っていることがすぐには呑み込めなかった。

マンション？　仕事辞める？　十万？　週一？

「お前の体じゃねぇと駄目だ。他の女で勃つ気がしねぇ。てか、実際そうだったしな」

だから、何言ってんのこの男！　とんでもないことを言われて、単純に聞いているだけで恥ずかしい。

何の冗談だと思っているうちに、立ち上がった熊谷さんに腕を掴まれた。

真剣な、けれどどこか熱を帯びた表情。どきりと心臓が跳ねる。

「わからねぇならわからせてやる。夕方まで用事はねぇから、ちょうどいい」

ちょうどいいって、どういうことですか。私の都合は？　確かに特に用事はないけども！

「嫌なら頷け。そうしたら今日はやめてやる」

私、今、とんでもない選択肢を突き付けられてる……？

頷いちゃいけない。でも、頷かなかったら頷かなかったで、このまま私はまた食べられる。

逃げなきゃ、と本能が告げた。でも逃げるってどこに？　住所も職場も知られているのに。

選択肢がない。けど、頷いてしまうのは怖くて、私は熊谷さんの腕を振り払って立ち上がる。

鞄は昨日、最初に連れてこられたソファーの上に置かれたままになっていたから、それを掴んでエレベーターに向かって走った。

扉を開けるボタンを押そうとしたけど……あれ？　反応ない!?

「それが答えか？」

すぐ後ろから低い声が聞こえてきた。

振り向いた瞬間、ダンッと何かがぶつかったような音がして、エレベーターの扉がびりびり振動する。

私の頭の横に腕が二本。私を囲うように伸ばされていた。

これが、かの有名な壁ドン……けどこれは一切ときめきとかじゃない。

心臓がバクバクいってる。けどこれは一切ときめきとかじゃない。

熊谷さんの獣のような雰囲気に気圧されて、私の全身から力が抜けていった。

捕食されている草食獣がもう逃げられないと悟ったら抵抗をやめるのに近い。

「悪いな。抑えがきかねぇんだ。もはや病気だ。支障が出るってのはわかってんだが、これればっかりはどうしようもねぇ。三日もすれば頭がおかしくなる」

「じゃ、じゃあ病院……」

「とっくに行ってる。鎮静剤みたいなもん出されて使ってみたら、逆に体が変になった。女が薬だったんだよ、俺には」

熊谷さんは苛立たしげに言う。彼の腕は震えていた。

「知らなけりゃよかった。お前を犯すんじゃなかった。そうすりゃあ、これまでみたいに適当な女で一応満足できてたってのに、今じゃお前以外の女とヤってもパイプとヤってるみたいで虚しいだけだ。昨日抱いて確信した」

「でも……」

「お前を抱けねぇとおかしくなる。嫌だってんなら、ちょうど空き部屋があるから、そこに監禁するぞ。お前の仕事なんざ知るか。好きなときに、好きなようにさせてもらう」

熊谷さんの目は本気だ。私は腕を掴まれてズルズルとどこかの部屋の前に連れていかれる。

「安心しろ。俺が満足したら自由にするし無茶はさせねぇよ。そのあとも最低一年は生活に困らねぇように面倒見てやる。俺だって一時の気の迷いだと思ってんだ。二ヶ月もすれば落ち着くだろ」

「や、やめてください！　嫌です！　そんなのが許されるわけないじゃないですか！」

「まあ……そうだろうな。でもな、お前一人の存在を消すくらいその気になればできる。許されるも何も、外から見りゃ何も起こってねぇんだよ」

底の知れない瞳が私を見下ろしている。

ドアが開けられて、私は部屋の中に引きずり込まれた。

殺風景な部屋だ。クローゼットがある以外は家具もなくて、剥き出しのフローリングが寒々しい。

すぐにドアが閉まる音がして、熊谷さんの腕が私の首に回された。

「どうする。今ならまだ選ばせてやれる。ここでしばらく飼われるか、仕事続けながら囲われるか。選べ」

そんなの、どっちがマシかは決まっている。監禁なんて冗談じゃない。

でも、だからって……

「期間は俺が満足するまでだ。それ以降は新しく男作ろうが結婚しようがどうだっていい。個人的にはここに監禁のほうが、いつでもヤれていいがな。大人しく囲われて仕事続けるんだったら、金曜と土曜以外は軽めにしてやる」

確かにその配慮は嬉しいけど……って嬉しい？　いやいや、マシってだけで言っていることは鬼畜極まりない。軽めって何？　重めとかあるの!?

「もうわかってんだろ。どっちのほうがいいか」

問いかける声音が、唐突に優しいものになる。首に回された腕にやんわりと力が込められて、気付けば私は頷いていた。

「……決まりだな」

満足げに熊谷さんが言い、首に回していた腕を解いてドアを開ける。

呆然としている私の手を取って再びリビングに戻った。

どっと疲れた私は、何も言われていないのにソファーに腰掛ける。

「俺の持ってるお前の会社に一番近いマンション、お前名義で契約し直しといた。引越しの準備しとけ」

「早くないですか!?　っていうか、いつの間にそんなことしてたんですか」

「さっき」

「ええ……」

出掛けてたって、まさかそれ？

「月曜に引越し業者を手配してある。それまでに準備しとけ。家具家電は揃ってるから、必要なもんだけ段ボールにまとめとけばいい」

想像していた段階を色々とすっ飛ばして話が進んでいく。混乱する私の前に、部屋のカードキーと住所らしきものが書かれた紙が置かれた。

「失くすなよ。あと、昨日の夜の分はお前の鞄の中に入れてある。確認しといてくれ」

私は目の前に置かれたカードキーを見つめる。あまりにも急な話で頭がついていかなかった。

でも、手に取るとそれはちゃんとそこにある。これは開けるためのものというよりは閉じ込めるためのものと言われるほうがしっくりきた。

……とりあえず鞄に入れておこう。

失くすのが怖いからとかではなくて、状況が呑み込めないからいったん視界から外したいだけだ。

鞄を手に取ったついでにそろそろ帰ろうかなと熊谷さんのほうを見る。上機嫌な様子の彼は私が帰ろうとしているのに気付いたのか、ゆっくりと立ち上がった。

「帰るのか？」

「……はい」

私が昨日着ていた服が部屋の端に畳んで置いてあるのが見える。今日はもう疲れた。着替えて帰ろう。

「エレベーターはカードキーがないと使えねぇぞ」

「でしたら、開けていただけませんか」

だからさっきボタン押しても使えなかったのか。そう言うと、熊谷さんは黒いカードを差し出した。これがカードキーかな。

受け取ろうと手を伸ばす。けれど、指先を閉じようとしたところで、そのカードがすっと引き抜かれた。

「え？」

驚いて、一瞬私の動きが止まる。それを狙ったように伸ばした手首を掴まれて、そのままソファーに押し倒された。

熊谷さんは固まっている私を嬉しそうに見下ろすと、私のガウンの紐の結び目を解く。そうなれば後はもう、軽く払われるだけでするりと布が落ちてしまう。

「さっき今日はやめてやるって……」

「逃げようとしたろ。お前が誰の女か、ちゃんと覚えてから帰れ」

そう言って笑う顔はとても満足げだった。

3

仕事を終わらせたので後は帰るだけ。それなのにどうも帰り支度に身が入らない。

そんな月曜日、仕事明け。

私は鞄から、今後自分の住むことになるマンションの住所が書かれた紙を出した。会社の最寄り駅の二駅先の場所にあるこのマンション、間取りが気になって自分で調べてみると、家賃が高そうだった。というか高級だ。

ポンと五十万を払ったり、何箇所もマンション持っていたり、今さらだけど、どんだけ金持ちなの熊谷さん。

しかもこのマンションは手持ちで一番狭いから普段はあんまり使っていないとのこと。いや、これで狭いってどういう感覚してるの？

住所を地図アプリに入力して、その案内に従って歩く。まあ、駅で降りてそれっぽいのを探したらすぐ見つかった。

十分くらい歩いて、マンションのエントランスに到着する。なんだろう、この場違い感。少なくとも私のようなしがないＯＬが一人で住む場所じゃない。

そんな人間がここでキョロキョロしていたら完全に不審者扱いされそうなので、ぐっと堪えて真っ直ぐエレベーターに向かう。

下りてきたそれに乗り込んでカードキーをかざすと、勝手にエレベーターが動き出して、いよいよ逃れられない感じがしてくる。

「うぉぉ……」

再びエレベーターの扉が開いて、私は思わず声を上げていた。

熊谷さんに渡された部屋は、一フロア丸々……ではなく東西で二分割されている一室だ。確かに他のマンションより狭くはあるけど、少なくとも一人で住む部屋ではないと思う。

リビングの真ん中に今朝お別れした段ボール四箱分の荷物が置いてあった。

とりあえずこれをなんとか……とその前に、せっかくだからあちこち見ておこう。今の気持ちは、初めて泊まるホテルで特に使いもしない机の引き出しの中を覗いてみたくなる気分に似ている。

まずは定番のお風呂……って、予想はしていたけど広いな。らくらく脚を伸ばせそうだし、ここもジェットバスっぽい穴が浴槽についてる。鏡の前には熊谷さんのものらしき男物のシャンプーやボディソープが置いてあった。

そういえば、脱衣所の洗面台にはひげ剃りも置いてあったなぁ。本当にここは熊谷さんの持ち物らしい。

そうしてバスルームを出て次は適当な扉を開けてみる。来客用っぽいホテルの一室みたいな部屋に、段ボールが数箱置いてあるだけの殺風景な部屋が二部屋と寝室、計四部屋の4LDKだ。絶対ここ一人暮らし向けの部屋じゃない。わかってたけど。

いったんリビングに戻って次はベランダへ。

……うわ、たっか。

私が住んでいるアパートは三階建てだ。ここは確か二十階だから、ほぼ七倍。夜景もすごいな。

何度目かわからないため息をつきながら、ベランダにあったウッドチェアに腰を下ろす。ちらりと背後に見える明るいリビングに目をやって、この信じがたい状況について考えた。

もしかしたら騙(だま)されているのかもしれない。心のどこかでそう思って警戒していた。でもここまでされたら、さすがに疑うことはできない。わざわざ私のためにここまでする必要はないんだから。

いっそ騙(だま)されたほうが納得はできる……というか、まだそっちのほうが現実的な気がした。

とにかく私はこれで、熊谷さんの愛人になったわけだ。

「ん？　愛人……？」

口に出して言ってみると、なんとなく違和感があった。愛人はなんだか違う気がする。かといってセフレも違うしなぁ。お金貰っているし、そもそも私と熊谷さんはフレンドじゃない。

「気に入ったか？」

そのとき突然、背後から声がして、私は飛び上がる。慌てて振り返ると、ベランダの戸の側に熊谷さんが立っていた。

「い、いつからそこにいたんですか！」

「ちょうど今来たとこだ」

そう言って彼は私の横に腰を下ろす。

あの、距離が近くはないでしょうか。え、「おれのおんな」ならこんなもん？　いやいや、ちょっと何言ってるかわかんないです。

「新品のマンションじゃなくて悪いな。お前の職場を考えたら、ここが一番都合が良かった」

「新品って……そもそもこんな部屋自体、私には縁がないと感じていたくらいなんですけど」

「ならいいか。名義は変えてあるから、終わってからも好きに使え。売りたけりゃ売ってもいい」

終わってから……

あれ？　いま一瞬、ほんの一瞬だけど胸に風穴が空いたみたいな、体の内側からすっと冷えていくみたいな感覚があった。

思わず手を胸元に持っていったけど、布越しに自分の体温が伝わってくるだけだ。

「どうした？　安心しろ。さすがに何十年も拘束はしねぇよ。飽きるだろ、お互い」

「そう、ですね……」

私と熊谷さんの関係は、所詮、体だけだ。

私だって熊谷さんのことは嫌いではないけど好きでもない。お互いに住む世界も価値観も違うのだから、間違っても恋人の関係になることはないだろう。熊谷さんは性欲を満たして、私は見返りにお金を受け取る。ある意味とても健全な付き合い方だ。

きっとこれは、体を重ねるくらいには深い関係でもあっさりと切れるということに対する寂しさだ。正直なところ、もう嫌とは思わない。熊谷さん以外の男の人の経験はないものの、いわゆる上手だから。

本当に好きな人とするのとはまた違う、ひたすら快楽だけを求め合う熱っぽいのに甘くはない関係。

　熊谷さんが私の腿に手を伸ばす。その感触と予感に、ビクリと体が震えた。

「せっかくだ。ここでやるか？　俺はヤれればどこでもいい」

　悪戯っぽく熊谷さんは笑った。私はさすがにベランダは嫌だと首を横に振る。

「ま、そうだろうな。行くぞ」

「ちょ、ちょっと待ってください。私、その……明日仕事なんですけど」

　私の腕を引く熊谷さんにそう訴えると、彼はわかっていると言いつつも全く歩を緩めるつもりがなさそうだった。

「あの、わかってるなら……」

「わかってるから早めに終わらせるんだよ。俺だって明日は朝から用事あるしな」

「夕ごはん、私まだなんですけど」

「あんまり焦らすと後が長くなるが、それでいいか？」

「……ごはん、後にします」

　長くなるの度合い、私の想像の十倍くらいあるのでは。

　返事を聞いた熊谷さんは私の腕を強く掴む。熱を帯びた瞳に見下ろされながら、私はそのままリビングのソファーに押し倒された。

「……い、んんっ！」

熱の塊が奥深くに沈められる。熊谷さんのものの形をすっかり覚えた私の中は、意思とは無関係に締め付けを強めて、強請るように蠢いた。

「久々だからってあんまり急かすな。お前の中はただでさえ……っ、狭えんだから」

余裕なさげに荒く息を吐き、熊谷さんが入り口近くまで剛直を引く。一呼吸おいてから再び鋭く突き上げられて、目の前で星が瞬いた気がした。

お互いの体がぶつかり合う音が徐々に湿り気を帯びていく。

私はぐちゃぐちゃになったシーツを握り締め、体の中で渦巻く何かを溢れさせないよう堪えるので精一杯だ。

「い、っかいやめて！　くまが……ひゃうっ！」

そこで一段と大きな音がして、熊谷さんが動きを止めた。

息を吸わなきゃ。そう思うのに、今ので奥の入り口をこじ開けられて、呼吸ができない。息の吸い方を忘れてしまったみたいだ。

「ちゃんと息しろ。ほら、脚も力入れとけ」

熊谷さんは私の尻を叩きながら、聞き分けの悪い子供を叱るみたいに言った。

けれど、それはむしろ刺激になって私の内側の渦に取り込まれる。せり上がってくる何かを堪えようとすると、膝が折れ曲がってずるずると落ちていった。

「力、入んない……」

「仕方ねぇな」

俺だって限界だと言って、熊谷さんは私の腰に腕を回して引き上げる。

そのまま熊谷さんが腰を振る動きに合わせて体を揺すられ、快楽が波のように押し寄せてきた。

もう、限界だ。

「くまがや、さんっ……も、いやぁ……」

これ以上は頭がおかしくなりそう。早く楽になりたい。

でも自分でもわかっている。止めてもらったところで楽にはなれない。最後まで達して、やっと楽になれる。

だから私は最後の力を振り絞って自ら体を動かした。自分でも自分の行為が信じられないけれど、何度も抱かれるうちにこれが一番手っ取り早いんだと悟っている。気持ちいいからとか、そんな理由じゃないんだって言い訳して、私は淫らに腰を振った。

やがて、中で渦巻いていたものが弾けるのを感じる。

私が絶頂を迎えると同時に熊谷さんのものが大きく脈打ち、中で精を吐く。それが温かく広がっていくのを感じながら、私は全身から力を抜いた。ようやく体が息の吸い方を思い出したのか、ぬるく淀んだ空気が肺を満たす。

これで、何回目だろう。

くるりとひっくり返され脚を広げられても、恥ずかしいと思う感覚さえない。むしろ、貪欲に快楽を求める自分がいることに気付いて、自分が怖くなった。

‡　‡　‡

熊谷さんに囲われて、一ヶ月が経とうとしている。

その間、彼は多いときは一週間ほとんど毎日マンションに来ることもあったし、逆に金曜日や土曜日の夜でも顔を出さない週もあった。

そして一緒にいるときは、たいていやっているか寝ているかのどちらかで、それ以外は何もない。

けど、それでいい。私と熊谷さんはそういう関係なんだから。

自分に言い聞かせるように、そう思うことにしていた。

熊谷さんは今、仰向けになった私の脚の間に体を入れ、指先で襞をくすぐるようにして中を確かめている。やがて彼のものが私の中に入ってきた。

「まだ……するんですか」

彼は私の問いには答えず、先端しか入っていなかったそれを無言で奥に入れる。ゆっくりと奥にぶつかった刺激が、意識とは無関係に体を震わせた。

「仕方ねぇのはわかるが、お前が生理だったから溜まってんだよ。終わったと思ったら余計な仕事が入ったせいで十日もお前とヤれてねぇ」

「他の人のとこ、行けばいいじゃないですか」

「行くわけねぇだろ。行ったとしても、あんなもんただの気休めにしかならねぇよ」

そう言いながら熊谷さんは腰を揺すった。きつく絡み付く私の中で、彼のものが激しく擦(こす)られる。

「ふっ……だ、んんっ！」

全力疾走を終えた後みたいに疲れているのに、快感だけが弱まることなく私の中で暴れて、熊谷さんのものをさらに締め付けた。

律動を繰り返す彼の目の奥で炎が揺らめいて、まだだと言わんばかりに私の胸に噛み付く。

「やめ……ひゃっ！」

敏感なところを同時に攻められて、私は一瞬頭の中が真っ白になる。口を離した熊谷さんは恍惚(こうこつ)とした笑みを浮かべ、次に私の耳を噛んだ。

「やっぱりお前の中がいい」

ゾッとするくらい熱く囁(ささや)かれたその言葉は、頭の中から私を犯す。体は炙(あぶ)られているみたいに熱いのに、背筋がゾクゾク震えて止まらない。

「なんつー顔してんだ。なぁ」

からかうように熊谷さんが言う。無骨な指が軽く頬に触れた。

この状況で自分がどんな顔をしているかなんてわかるわけない。むしろ熊谷さんのほうこそ、そんな顔で私を見ないでほしい。

その表情を、お金で買っている女である私に見せないで。

「……駄目」

目を逸らすことが、私にできる唯一のことだった。

‡　‡　‡

「――なんかさ、沢木さん最近綺麗になった？　肌とか」

「……ごふっ」

昼休みにコンビニで買ったパンを食べていたときに唐突にそんなことを言われて、パンが変なところに入りそうになった。

「だ、大丈夫？　ごめんね、いきなり変なこと言って」

突然私がむせたものだから、話しかけてきた同僚――相田さんは困っている。私の横の席に弁当箱を置いて、背中をさすってくれた。

「ありがと……」

「こっちこそごめん。横、いい？」

落ち着いたので私は頷く。

相田さんは半年前に転職してきた人だ。歳が近いから自然と仲良くなり、休憩時間が合えば一緒にごはんを食べたりする仲である。

「まさかそんなに驚かれるとは……」

「ちょっとぼーっとしてて」

落ち着いたけど、まだちょっと喉に違和感が残っていた。軽く咳き込みながら話題を変えようと、相田さんのお弁当を見る。

「今日も美味しそうだね」

「ほとんど冷凍だよ。それより、先週くらいから思ってたんだけど、肌綺麗になってない？」

う、かわせなかった。それどころか興味津々といった感じで私の頬の辺りを観察している。

「気のせいじゃない？」

「いやいや、明らかにハリが違うって」

化粧品変えた？　と相田さんはぐいぐい来る。

「ほら、私ニキビ酷いから。今も鼻の横と、髪で隠してるけどおでこにも三つくらいあるし……」

相田さんは鼻の横を指差す。確かにぷつっとしたニキビっぽいものがあった。

そう言えば、彼女はニキビがすぐできるとよくぼやいている。私も手入れをサボるとか野菜食べないとか睡眠不足が続くとかだとできることがあるし、睡眠不足に関しては現在進行形だ。

「あ、もしかして有名な――」

「違うよ？」

不自然なくらい即答してしまった。でも完全に市販の化粧品とは無関係だから、ちゃんと否定しておこう。

「違うの？　試してみようと思ったのに。でも、絶対何かしてるよね？　エステ通ってるとか？」

エステ……ある意味それが一番近いのか？

確かにそういうことをすると、女性ホルモンが云々で肌ツヤがよくなるって聞くけど……え、まさかやっぱりそうなの？　通うっていうより私が通われている側、なんて言葉の揚げ足取りは置いといて、そうなの!?

正直、認めたくないものの最近化粧のノリが妙にいい。パウダーとかも浮きにくくなった。

唐突に意識していなかった二つのことが繋がり、間接的に熊谷さんとの関係を知られたみたいで急に恥ずかしくなる。

けれど、相田さんは別の可能性を叫ぶ。

「まさか、沢木さん彼氏できたとか？」

「え、そうなの？　沢木さん」

「ち、違いますよ⁉」

近くにいた先輩まで食い付いてきた。

「恋すると綺麗になるって言うし……あ、彼氏の一歩手前？　好きな人ができたとか？」

「ええ、誰？　誰？　私の知ってる人？」

「それはもっと違いますからっ！」

好きな人って……確かにああいう行為は普通、恋人同士とか夫婦でするものなんだろうけど、私と熊谷さんの関係はそんな綺麗なものじゃない。

それなのにはたから見た容姿は綺麗になるって、矛盾もいいとこだ。

だから事実なんて言えるわけない。

宇宙から飛来した謎の電波で化粧水が突然化学変化を起こし、肌によすぎる未知の成分が生まれた、なんて話のほうがまだ説得力がある。

「ええ、違うんですか？」

お肌の問題は相田さんにとっては悩みの種だからか、なかなか引き下がってくれなかった。

もう適当に思いついた某有名メーカーの化粧品の名前を出そうかな。そう思ったところで、話題が変わる。

「でも彼氏かぁ。そういう人ってやっぱり必要ですよね。いや、綺麗になるとかそういうのもいいですけど、やっぱり好きな人がいるって色々違いますよね」

「私も去年まではいたな。今じゃお一人様だけど、片想いしてる頃が一番楽しかったかもなんて思うわぁ。どっちかの気持ちがなくなったらお終いだもん」

「気持ちがなかったら虚しいだけですもんね」

……むなしい？

その四文字が妙にはっきりと聞こえて、胸がチクリと痛んだ。

私と熊谷さんの関係は、虚しいんだろうか。

心の伴わない体だけの関係。

とても褒められたものじゃない。何より私は行為の代償にお金を受け取っている。手を付けていないとはいえ、体を売ったということに変わりはない。

使う気がないなら受け取る必要はないのかもしれないけど、そのお金こそが私と熊谷さんを繋ぎ、かつ隔てている唯一のものだ。私たちの間にこれがなくなれば、全てが破綻してしまう。

「——そういえば相田さん、この前合コン行ったって言ってなかった？」

「行きましたよ。連絡先交換したりもしたんですけど、わざわざ連絡取って会いたい人もいませんでした」

「向こうから連絡来たりはしてないの？」

「一人だけ別の日に会いたいって言われましたけど、全然好みじゃない人だったんですよね……これ兄に愚痴ったら、会うだけ会えばいいとか言ったんです。男って軽すぎません？」

「え、お兄さんいるの？　紹介してよ」

相田さんと先輩の会話が透明な膜で隔てられているみたいに遠くから聞こえてくる。違う世界の話のようだ。

そこでふと思い出したのは、昨日の夜に熊谷さんが見せた表情だった。

瞳の中に熱を帯びた光が揺らめいて、それが真っ直ぐに私を見ている。暗闇の中で獣に見つめられている居心地の悪さと同時に、あの充足した表情が私だけに向けられていることに心を激しく掻き乱された。

体だけの関係。本当にそうなんだろうか。

少なくとも私にとっては、どうも違うように思われてならなかった。

その翌日の夜。夕ごはんを作っている途中に熊谷さんがやってきた。

彼は私がキッチンにいるのに気付くと、シチューを煮込む手元を何か言いたげに覗き込む。

「……多めに作ったので、熊谷さんも食べますか？」

一人でこの鍋一杯のシチューを食べ切るのはちょっときつかった。残りは冷蔵しておくつもりだったけど、なくなるならそれはそれでいい。

熊谷さんは少し悩んで頷（うなず）き、引き出しからスプーンを二本取り出してダイニングのテーブルに並べ、そのまま椅子に腰掛ける。

……食べたいなら、普通に食べたいと言ってくれればいいのに。

ちらっとそう思ったのは、ほんの一瞬だ。

熊谷さんにとって、私はそういう存在じゃない。一緒に夕ごはんを食べるのは、私の役割じゃないんだ。

「どうぞ」

私は熊谷さんの分のシチューとサラダ、軽く焼いたフランスパンを彼の前に置いた。

そして自分の分のパンを焼く間に包丁とまな板を洗って、自分も席に着く。

「いただきます……って、先に食べてなかったんですか？」

熊谷さんは私がサラダを食べ始めるのを見てからスプーンに手を伸ばした。

「別に毒なんて入れてませんよ？」

冗談半分でそう言うと、短く笑う。

「お前に毒盛る技量があるなんて思ってねぇよ。それより悪いな。残しといて後で食べるつもりだったんだろ」

「まだ残ってるくらいなので大丈夫です」

「これは範囲外だろ。相場がどんなもんなのかは知らねぇが、メシ代は払う」

「元々十分いただいてるので気にしないでください。サービス……そうだ、サービスです！」

材料費なんて普段貰っている額からしたら微々たるものだ。むしろ市販のルゥで作ったシチューがこのお金持ちの舌に合うのかのほうが不安。

「……そこまで言うなら、そういうことにしとくか。昼から何も食ってなかったんだ。正直何食っても美味い」

「ならいいんですけど」

「ああ、勘違いするな。不味いってわけじゃねぇよ。部屋住みの奴らが作るメシのほうが、よっぽど不味い」

ん？　よくわからない単語が出てきた。でも、気にしないほうがいいよね。

それからはお互い黙々とシチューを食べてパンをちぎっていた。けれど、どうもその沈黙が気まずくて、私は口を開く。

「熊谷さんは、何してる人なんですか」

「……どうして今になってそんなことを聞くんだ」

熊谷さんが怪訝そうに私を見る。

「気になったから、です。だって、熊谷さんは私のこと知ってるじゃないですか」

「最低限はな。いくらなんでも素性のわからねぇ奴を囲ったりしねぇよ」

「そうかもしれませんけど……私だって少しくらい気になりますよ」

知り合って二ヶ月近く経つのに、私は熊谷さんのことをよく知らない。知っているのは、性癖くらいだ。

「まあ、お前が知ったところでどうにもならねぇか」

彼はスプーンを置くと、残っていたパンを手に取って一口サイズにちぎった。

「……神木組、知ってるか？」

「ま、まあ一応」

神木組。この辺りではかなり有名なヤクザだ。闇金はもちろん、不動産から産廃業、水商売、テキ屋まで、色々と手広くやっていると聞いたことがある。

「俺はそこのヤクザだ」

「あー」

なんだか間抜けな声が出てしまった。心なしか熊谷さんの視線が生温い。

けど、すごく納得した。

熊谷さん、チンピラ三人組には兄貴って呼ばれているし、住居がバレたらまずいみたいなことを言ってた。神木組の中でかなりの地位にいる人なんだろう。

「手広くやってっからな。それなりに恨みも買う。端的に言えば、それをブッ飛ばすのが俺の役目だ」

ブッ飛ばす。えらく抽象的な表現だ。

斬り込み隊長とかそんな感じなのかな。それは確かにすごく恨みを買うだろうなぁ……マンション四箇所、必要ですよね。

「最近はデカくなりすぎて、外より中の奴を殴ることのほうが多いがな……もう、いいだろ。お前には関係ない話だ」

そう言って熊谷さんはこれ以上はしゃべらないと口を閉ざす。代わりに、シチューのおかわりを求められたので、お皿によそっているうちに、その話はなかったことになってしまった。

「……お前のほうこそ、どうなんだ」

「どう、とは……？」

「会社だよ。そろそろ辞めて、諦めて俺の女になれ。手加減は手加減で面倒なんだ」

「な、何言ってるんですか！」

「再就職先は斡旋（あっせん）してやる。ウチのフロントになるだろうが」

「け、結構です！」

熊谷さんのほうから尋ねるなんて、なんの話かと思ったら、まだ生きてたんですか、その選択肢。

なぜか心臓がバクバクいっているのは、きっと驚きと呆れだ。そうに違いない。

「給料だけならお前の今の会社よりいいからな？」

「フロント企業って知った上で入るなんて嫌ですよ。しかも熊谷さんの斡旋（あっせん）って……」

「そこはうまくやる。むしろフロントに入ってもらうほうが有難いんだがな。呼び出しやすい」

なんで呼び出すことが前提なんですか。ブレないな、この人。

「辞めたくなったらいつでも言え。ごちゃごちゃ言われるんならウチの弁護士（せんせい）も付けてやる」

「どうして裁判沙汰にしなきゃいけないんですか。辞めませんよ。今の会社、気に入ってるので」

そう言うと、熊谷さんは露骨に残念そうな顔をする。けど、辞めるように強要はしてこないし、そのために直接何かしようとするつもりはないみたいで、それ以上は何も言われなかった。

‡　‡　‡

「——君、面白いねぇ」

その男はそう言って、怪しく笑った。

熊谷さんにシチューを食べさせた数日後。エレベーターを降りてすぐ、つまり部屋の扉の前で、私は見知らぬ男に絡まれていた。

なぜこんなことになったのかはほんの数分前、マンションに戻ってきた頃に遡る。

私はいつも通りエレベーターにカードキーをかざして、部屋に行こうとしていた。そのときにエレベーターに乗り込んできたのがこの人だ。

見た目は若い、いかにも将来有望なやり手っぽいサラリーマン。

そもそもここに来るまでの入り口でもカードキーが必要だから、中にいるってことはこのマンションの住人だ……

そう考えていたのだが、おかしいって気付くべきだった。

私がエレベーターの扉を閉めようとしていたところ、急いでいる風にやってきたので、そこまで急いでもいなかった私はその人を乗せてしまった。なのにその人は、どの階のボタンも押そうとしない。

……結果、私は見ず知らずのこの男に、部屋の扉の前で見下ろされているわけだ。

「あの人がわざわざ囲ってるって聞いたから期待してたんだけど、見た目は普通だねぇ」

「勝手に期待して勝手に残念がらないでください」

「気を悪くさせるつもりはないよ。ああでも、なるほどね」

男は何やらひとりで納得して頷いている。

あの人というのは間違いなく熊谷さんのことだろう。そしてこの人は熊谷さんの関係者。まともな人であるわけがない。

「熊谷さんに用があるなら、私は無関係です」

私は部屋の中に閉じ籠っているので、どうぞ廊下でお待ちください。

「まあ彼に用があるのも事実だけど……中で待たせてくれない？」

「でしたら私はその辺りの喫茶店でお茶でもしてきます」

「じゃあ俺もご一緒しようかな」

「嫌です」

怪しい人ではあるものの、熊谷さんほど圧がないからか、どうにか言い返せる。

「そもそも、どうやって入ってきたんですか」

「んー？　ちょっとした知り合いのツテかな」

そんなのでほいほい入り込まれてたまるか。

あ、でもこのマンションの部屋は元々熊谷さんの持ち物だ。組の人が入ってこられるのもあり得るのかな……？　いや、それセキュリティとしてはどうなの？

「あの、この手をどけていただけませんか」

現在私は廊下の凹んでいる部分に追いやられている形だ。さっきから屈めば出られないかと試しているけど難しい。思いっきり突き飛ばすことも考えたけど、一応熊谷さんの関係者に対してそれはできないし……

「君、面白いねぇ」

男は再びそう言う。

どこがですか。

「少なくとも私は全く面白くないです」

早く退いていただきたい。買い物袋を持った手が地味に疲れてきて、ちょっとプルプルしている。

幸い涼しくなってきているし、冷凍物は買っていないからしばらくは大丈夫とはいえ、これをどっかに置きたい。

「……なんとなくだけど、熊谷サンがどうして君を気に入ったのか、わかった気がするよ」

男の目が面白いものを見つけたように細められる。

その目線は、先ほどから私が床に置こうか置くまいか悩んでいる買い物袋に向けられた。

「それ、夕飯の買い物？　見た感じ何か作るの？」

「あなたには関係ありません」

「いいなぁ女の子の手料理。熊谷サンは幸せ者だねぇ」

人の話を聞いてほしい。

自分の食べる分のついでです！　別に熊谷さんのために作るわけじゃないですから！

「私と熊谷さんはそういう関係じゃありません！」

しまった。結構な大声を出してしまった。

さすがに廊下には誰もいないけれど、恥ずかしいと同時に、なぜかほんの少し胸が痛い。どうしてだろうか。

私は自分を落ち着かせるために、男の顔から目を逸らして大きく息を吐いた。

「熊谷さんに用事なら、事務所とか行かれたほうがいいと思いますよ」

「……いい」

「は？」

いいって何が？

うまく聞き取れなかっただけかと、私は男のほうを見る。

その瞬間、背筋に冷たい鉄の棒でも当てられたような寒気（さむけ）が走って、私は咄嗟（とっさ）に男を突き飛ばす。

買い物袋が床に落ちた。

「落としたよ」

そう言って男はにこやかに買い物袋を差し出してくる。

でも受け取れるわけがない。

男は私に袋を受け取る気がないと察するやいなや、ジリジリと距離を詰（つ）めて再び私を捕らえた。

「困るなぁ。熊谷サンとは仲良くしたいのに、痴情（ちじょう）のもつれなんて笑えないよ」

笑えないのはこっちです！

……なんて言い返す気力は、私にはなかった。

甘かった。熊谷さんでヤクザっぽい人には多少慣れたけど、この人は方向性が――人種が違う！

熊谷さんはわりと見た目通りだから慣れてしまえば受け入れられる。けどこの人は、得体が知れない。だから怖い。サラリーマンっぽいっていうのは見た目だけだ。中身は……

肩に手が伸ばされる。はっきりと感じたその手の重みに、私の肩はびくりと震えた。

「熊谷サンにもそんな感じなのかな？　うん、熊谷サンがハマるのもわかる。いざってなるとこんな弱い顔になって、すっごい嗜虐心煽られるこの感じ」

男が私の肩を掴む力は段々強くなる。私はその場にへたり込んでしまいそうになるのを堪えるので精一杯だ。

「このままパクッと食べちゃったら、どんな顔してくれるんだろうねぇ。君、本当にこの二ヶ月、熊谷サンに抱かれてるの？　その反応、まるで悦びに目覚めたばっかりの素人だね」

今の私の顔は、恥ずかしさやら怒りやら悔しさやらで真っ赤だろう。それでも抵抗できない、反論できない。

「さっきまでの威勢のよさはどこに行ったの？　いいよ、やっぱり君は面白い」

男は楽しそうに笑う。その暗い色の瞳に囚われかけたときだった。

「……何してんだ、金谷」

怒りと呆れを含んだ声。

私は思わず声のしたほうを見る。

「熊谷、さん……」

金谷と呼ばれた男をべりっと引き剥がし、熊谷さんが私の腕を掴んで引き寄せる。安心したのか緊張の糸が切れたのか、私はそのまま熊谷さんの体に寄りかかるようにして呆然と男を見ていた。

「何しに来た」

金谷と呼ばれた男は私の肩を掴んでいた自分の手をじっと眺めたあと、ゆっくり顔を上げて熊谷さんのほうを見る。

「いやぁ、あの熊谷サンが一人の女の子にハマるなんて、そこいらの芸能人の不倫ニュースなんかより、よっぽど気になるじゃないですか」

「こいつがそうだ。これで満足か？　とっとと帰れ」

熊谷さんはあからさまに苛々していた。

たぶん、苦手なんだろうな、この金谷って人のこと。私も苦手だ。会って十分も経ってないけど。

「うーん、まあ確かに最初は一目見たら帰る気だったんだけど、ちょっと気が変わってさぁ」

視線を向けられて、私は咄嗟に熊谷さんの後ろに隠れる。とはいえ、向こうからは丸見えだろう。

「一回でいいから俺にも食わせてくれない？　こんな唆る子を熊谷サンだけで独り占めはずるいねぇ。額にもよるけど、倍額かそれ以上で俺が引き取ってもいい。もちろん熊谷サンにも謝礼は弾むし、いい店紹介するよ」

金で買ってるんだろ？　と金谷さんは言ってることと全く合わない爽やかな笑みを浮かべて熊谷さんを見た。

……怖い。

熊谷さんのほうを見ることができない。

確かに私は買われた女だ。熊谷さんがもういいって思えば、私は元の生活に戻るだけ。でも、今ここで捨てられたら、たぶん私はこの金谷って人に捕まる。この人は熊谷さんよりも話を聞いてくれない。

「その反応はまだ手放したくない感じかな？　じゃあとりあえず一回でいいや。一晩試したら熊谷サンのところに返すよ」

名案だと言いたげに金谷さんは手を叩く。その手は私の腕に伸ばされて……

「黙れ」

バンと音がして、金谷さんの腕ははたき落とされていた。痛いなぁとか言いながら、金谷さんは叩かれた場所をさする。

「わかったよ。今日のところは諦める。で、こっからが本題なんだけど」

「……なんだ。手短に言え」

熊谷さんは早く帰れと言って、いったん私の腕を離した。

「ちょっと深谷組のほうで妙な金が動いてるみたいで」

その言葉に熊谷さんがピクリと反応する。

どうやらあまり聞かないほうが良さそうな内容っぽい。

それをわかっているのか、熊谷さんが私に部屋の中にいるよう促した。

頷いた私に、熊谷さんはいつの間にか奪い返していたらしい買い物袋を差し出す。けれど、それを受け取って鍵を開けようとカードキーを取り出したとき、金谷さんが口を開く。

「あー、喉渇いた。お茶か何か飲みたいなぁ」

「その辺の雨水で十分だろ」

「酷いなぁ。せめて水道水にしてほしい」

「水くらい自分で買え」

「お茶とお茶請け出してくれるまでしゃべらないでおこうかな」

「本当に情報渡しにきたのか？　何しに来たんだお前」

「九割くらいは熊谷サンの女見るため」

「帰れ」

あまりに馴れ馴れしすぎる内容に、私の手は完全に止まっていた。熊谷さんも手を焼いているのか、どうしたものかと疲れた顔をしている。

それにしても熊谷さん相手にここまで言えるってすごい。

「どういう関係なんですか？」

「しんゆ――」

「ただの知り合いだ」

おそらく全然違うことを言いかけたであろう金谷さんの言葉をすかさず遮った熊谷さんは、軽く（？）金谷さんを睨んだ。

「ふざけてねぇで本題に入れ。つってもカタギに聞かせる話じゃねぇか……」

「夕飯の用意まだみたいだし、話してる間に準備してもらえばいいんじゃない？　あ、ついでに俺の分も。代金は払うから」

……ってそういう問題じゃない。図々しいなこの人。

それでもまだ熊谷さんは彼を引きはがしたり手を叩き落としたりした程度だ。私でさえ突き飛ばそうかくらいは考えたのに……と熊谷さんを見ると、全く同じことを考えているのか、すごく怖い目をしてしきりに握った拳をさすっている。

けれど、やがてその図々しさに折れた彼は、大きくため息をついた。

「こいつに水と野菜の切れっ端でも出してくれ」

さすがにウサギじゃあるまいし野菜の切れっ端をお茶請けに出すわけにはいかず、とりあえずティーバッグの紅茶と、職場で貰って鞄に二日ほど入れっぱなしにしていた、ちょっと欠けたクッキーを出す。嫌がらせとかそういう意図があったわけではなく、単にこれしかなかっただけだ。

それでも熊谷さんはほんの僅かに溜飲が下がったのか、苛立ちながらもソファーに腰掛けた。

とりあえず熊谷さんにはコーヒーを出して、そこからは声が聞こえない程度に距離を取った。

「……が……なのか」

「それは……で……」

二人はさっきまでのやりとりが冗談か何かだったかのように、真剣な表情で話し合っていた。

しばらくかかりそうだし、金谷さんの言う通りにするわけじゃないけど、今のうちに夕ごはんの用意をすることにする。

今日の予定はオムライスとコーンスープとサラダ。

チキンライスは余っても冷凍できるし、元々多めに作って冷凍しておくつもりで材料が十分にある。もし熊谷さんと仮に金谷さんも食べるなら追加で玉子を焼けばいい。

コーンスープはレトルトで牛乳で薄めるだけのやつ。サラダは野菜を切るだけ……うん、終わってしまった。

あとは玉子を焼くだけ。

けどこの状況で一人だけ作って食べてるっていうのもなぁ……お昼休み返上で働いている人の横でお弁当食べているときみたいな罪悪感がある。

もう一品くらい何か作ろうかな。冷蔵庫には納豆とベーコン、キムチ、サラダに使ったトマトとレタスの残り、その他調味料……うーん、ベーコン焼くくらい？

「まだ何か作ってくれるの？」

いったん冷蔵庫の扉を閉めてどうしたものか考えていると、突然背後から声をかけられた。

思わず距離を取った私を、犬猫でも見るような目をして金谷さんが笑う。

「完全に警戒されちゃってるねぇ」

「当たり前だろ。てか、お前は帰れ」

「こんないい匂いだけ嗅がされて帰れって、鬼？」

いや、そもそもなぜ自分も食べられると思っているんですか。

「悪い。つまみ出しとくから気にするな」

「この寒空の下に独り身の男を放り出すなんて、この外道」

「お前にだけは言われたくねぇ」

「この言われよう。梢チャン、酷いと思わない？」

なぜ私に話を振るんですか。てか寒空って、まだ秋ですが？　それにどうして、私の名前を知っているのですか？

「冷たいなー。まあそんなとこもいいなって思ったんだけど」

「帰れ」

「嫌だね。梢チャンの手料理食べるまで帰らない」

そう言って金谷さんはソファーにしがみつく。子供か。

熊谷さんもあまり雑には扱えないのか、どうしたものかとため息をついている。

「まあ三人分はあるので……」

「は？」

「よっしゃ！」

露骨に不機嫌そうな熊谷さんとは対照的に、スッと立ち上がって喜びを全身で表す金谷さん。じゃあとりあえずその机の上のものをどければいいかと、彼はなぜか片付けを始めた。

「ケチャップ多めがいいなぁ。ハートとか描いてくれてもいいよ」

「自分の血で描いてろ」

んー？　熊谷さん？　冗談ですよね？　目が怖いです。冗談に聞こえないところも怖いです。ケチャップはテーブルの上に置いておきますのでご自由にお使いください。

とりあえず作るだけ作ろうかなと、玉子をボウルに割り入れてオムレツの部分の用意を始めておくことにした。コーンスープは少し冷めてしまったからその間に温め直す。

そうして準備をしているうちに、冷蔵庫に入れておいたサラダと取り皿、スプーンがテーブルの上に並べられていた。

「女の子に作ってもらう飯なんて久々だよ。前に作ってもらったやつは薬入りだったからなぁ」

「自業自得だろ」

「熊谷サンだって前に盛られてたのに？」

「お前とは理由が違う」

準備があらかた終わったお二人には座っていただく。オムレツを焼いている間にも、時折、物騒な単語が混ざった会話が聞こえてくる。

「どうぞ」

まずは一人分。熊谷さんの前に出した。

「おおー」

物珍しげにそれを横から覗き込む金谷さん。ちょっと破れたのであんまり見ないでいただけるとありがたい。

そんなことを思いながら作った二皿目、勝手に前回の反省を踏まえてしまったのか、なぜかうまくできてしまう。

それを見て得意げな顔の金谷さんと、なんとも言えない顔をする熊谷さん。

……すみませんでした。

結局最後に作った自分の分が量もお二人より少なめだったせいか一番うまくできてしまったなと思いつつテーブルに向かうと、二人とも手を付けずに待っていた。冷めますよ？

「いただきます」

私がそう言ってスプーンを手に取ると、二人ともほとんど同時に食べ始めた。その様子を一瞬微笑ましいなとか思った私は、相当この方々に毒されているのかもしれない。

「――あー、美味かった」

そう言って金谷さんが満足そうにお腹を叩く。

「それは良かったです」

美味しいと言ってもらえて悪い気はしないので、とりあえず返事をしておいた。

「料理も上手なんてね。ますます欲しくなっちゃったよ。お金に困ったらいつでも相談してね。梢チャンになら百万でも一億でも融資してあげるから」

「お前の商売にこいつを巻き込むな」

熊谷さんはかなり真面目な顔で、絶対に金谷さんからだけは金を借りるなと言った。

もしかして金谷さんって闇金とかそういうお仕事の方ですか？

「間違っても頼るなよ？　お前、押しに負けて連帯保証人とかになってねぇよな？」

「いいねぇ。もしいるんだったら失踪させてあげるよ」

「なってないです。というかなんですか失踪させるって！」

「大丈夫大丈夫、梢チャンの価値で借金はチャラにしてあげるから」

借金がある前提みたいに話さないでいただけますか⁉

もしかして私が熊谷さんに買われてるから、借金あるみたいに思われてる？　いやいや、大学の奨学金以外はありませんし、それは自力で返しますよ？

「お世話になることはないと思います」

「残念。まあ別の方法を考えるよ」

「考えなくていいです」

「帰れ」

熊谷さんの何度目かわからない帰れが飛び出したところで、ようやく金谷さんは重い腰を上げる。

「とりあえず今日のところは熊谷サンの言う通り帰るよ。夕飯もご馳走になったし。そうだ、材料費と手間賃くらいは払わないとね」

「迷惑料も追加しろ」

「いいえ、たいした額じゃないので結構です」

「まあまあそう言わず」

止める間もなく出てきた財布は何やら分厚くて、金や黒いカードが何枚も見えた気がした。

「いや、本当に結構ですから！　あ、私お皿とか片付けるので！」
一、二、三と数え出した金谷さんを玄関のほうに押しやって、私は洗い物の待つ台所に逃げ込んだ。
その間に熊谷さんが金谷さんの首根っこを掴んで外に出ていく。助かった。

あの人からお金を借りるわけじゃなくても、なんとなく受け取らないほうがいい気がする。

お皿やフライパンを洗い終えたところで、疲れた顔の熊谷さんが戻ってきた。コーヒーが欲しいと言われたので、自分用にも淹れて彼の向かいのソファーに座る。

「お疲れ様でした」

「お前も面倒な奴に目を付けられたな」

それについては熊谷さんも大概です。

……と言いかけて堪えた。

けど目でバレたのか、熊谷さんはため息をついてコーヒーを啜る。しばらく無言でお互いコーヒーを啜った。

「そういえば、熊谷さんは金谷さんとどういう関係なんですか？」

ふと気になったので聞く。金谷さんがいなくなった途端に静かになってしまったというのも大きい。

闇金業の人間と明らかに武闘派っぽい熊谷さん。いったいどういう繋がりなんだろう。

私の問いに、熊谷さんは微妙な顔になる。これは聞かないほうがよかったのかな？

「話せないんでしたら……」

「いや、しゃべったところで問題はねぇよ。ただ金谷の話題ってのが気にいらねぇだけだ」

まあ、仲良しという感じではなかったですもんね。金谷さんのほうがどう思っているのかはわからないけど。

「たまにあっちの仕事に呼ばれるってだけだ。闇金に手を出すような奴が相手だからな、踏み倒そうとしてくる奴もいるし、ゴロツキ雇って揉み消そうとする奴もいる」

「あー、借金の取り立てってやつですか」

確かに熊谷さんの見た目なら圧力とか迫力とか完璧だものね。言われてみればいかにもって感じがする。

「まあ端的に言えばそうだな。大抵は金谷の取り立てでいけるんだが、たまに俺がやるほうがいい場合もある」

「へぇ……」

熊谷さんが直々に行う取り立て……詳しいことは聞かないでおこう。

「気を付けろよ」

「何がですか？」

今のところ借金を作る予定もローンを組む予定もない。少なくとも闇金にお世話になることはないと思います。

熊谷さんは何度目かのため息をついてカップをテーブルに置いた。その中身は空になっている。

「お前、面倒な奴に目をつけられやすそうだからだよ。そのくせに危機感がなさすぎだ」

「確かに一緒にエレベーターに乗ったのは失敗だったと思いますけど」

不可抗力というか、エレベーターに向かって急いでる人がいたら待ってあげたくなるのが人情じゃないですか。

「それに好きこのんで変な人に目を付けられているわけじゃないです」

「そりゃそうだが……」

熊谷さんは顔を上げて私のほうを見る。そしてゆっくり立ち上がると、私の腕を掴んでソファーに押し付けた。

「え……ちょ、熊谷さん？」

コーヒーのカップを落とさないようにテーブルの上に置き直すのに精一杯だった私は、そのまま熊谷さんに押し倒されて、その何かを考えているような顔を見上げることになる。

熊谷さんの手がブラウスを捲り上げて、下着が露わになった。

「夜にノコノコ停まってる車の横を通ったお前も悪い」

それは私が最初に熊谷さんのところに連れて行かれたときの話ですか？

「いや、それ絶対、私悪くないです！　全部の車の横通れないじゃないですか！」

言いがかりにも程がある。

「その結果がこれだろ？　ヤクザに捕まって、こんな体にされて」

熊谷さんは私のショーツに滑り込ませた指先を軽く曲げる。花芯に柔く触れられた刺激だけで、私の喉から漏れる声に熱が混ざった。

「その声が結果だ。もういいだろ、諦めて俺に大人しく飼われろ。そうすればお前には俺だけだ」

「……っ、そんな言い方……んんっ！」

グチュリという音が聞こえる。熊谷さんの指が内側に入り込んで私の弱い部分を弄っていた。

「やっ……あっ……」

徐々に細く高くなっていく私の声。ブラウスのボタンは外されて、下着が露わになる。

「諦めろ」

諭すような熊谷さんの声が、熱でぐちゃぐちゃになった私の思考をかき乱す。熱を帯びるだけの言葉に返事を任せられず、私は首を横に振るのが精一杯だった。

‡　‡　‡

金谷さんの突然の訪問から二週間。エレベーターに乗るときなどに注意はしてきたけど、特に何事もないまま時間は過ぎていった。

きっと気の迷いだったに違いないと思い始めた頃、その平穏は破られる。

「やあ梢チャン」

あまりにも自然に金谷さんは声をかけてきた。会社を出たところを、いかにもたまたま見かけましたという感じで。

「え……誰？」

「まさか沢木さんの？」

先輩と相田さんが驚きながらもなぜか楽しそうに言う。

いや、この人は怪しい人ですよ？

ああ、でも確かに素性を知らなかったら、見た目だけは会社員……私も第一印象はサラリーマンだった。

でも素性知った後だと違和感しかない。怪しさしかない。

「どうも。梢チャンとは仲良くさせていただいています」

仲良くないです！

そう声を大にして言いたかったけど、さすがに会社の目の前でそれは……

金谷さんはよそ行きのにこやかな笑みを浮かべて、けれど目だけはじっと私を見ていた。

「どういう知り合い？　もしかして前言ってた人？　違うとか言ってたけど」

「会社で俺の話をしてくれたの？　それは光栄だねぇ」

「いや、それは……」

熊谷さんの話なんですが。でもこの状況でそんな余計な燃料を投下できるわけもなく。

「私ら邪魔っぽいし先行ってるね。あ、予約したの席だけだから大丈夫だよ」

私が大丈夫じゃないです。謎の気を回してくれなくていいですよ!?

「ああ、予定を優先してくれればいいよ。ちょっと梢ちゃんに話があるだけだから」

そう言われた先輩と相田さんは一瞬顔を見合わせるとほぼ同時に頷いた。

「そういうことなら」

「私と先輩は先に行ってるね」

その目には、どういうことかじっくり聞かせてもらおうという文字が書かれている気がする。

「え、ちょ……」

引き止める間もなく二人は邪魔をしてはいけないと足早に去っていった。

むしろ邪魔してほしかった！

「よかった二人になれて」

「いや、ここ会社の前なんですけど……」

帰宅していく人の視線が痛い。

「大丈夫大丈夫。ただのデートのお誘いだから」

「は？」

デート？　何その妙な響きの単語。

「今週末に映画観に行こうと思ってるんだ。一緒にどう？」

「お断りします」

「熊谷サンなら、その日一日中会合だから少なくとも日中は戻ってこないよ」

「だからって、いいわけないじゃないですか」

いいどころか悪い。むしろ、どうして私がいいって言うと思ったんだろうか。

「もちろんタダでとは言わないよ。これくらいでいい？」

そう言って金谷さんは掌を見せる。これは……

「五万円とかそういうことですか？」

生憎ですが、そういう商売はしていません。

「違うよ五十万」

「なおさら結構です！」

この人から金銭を受け取るってことがそもそも怖い。

「もうチケットも予約しちゃったんだよね」

「知りませんよ。他の人を誘えばいいじゃないですか」

「俺、熊谷サン以外に仲良い人っていないんだよね」

それはつまり誰も仲の良い人はいないと？

だって熊谷さんのほうは絶対仲良いと思ってないですよ。

「そうですか」

とりあえず冗談は流しておくことにした。

金谷さんは子供みたいに唇を尖らせてつまらなそうな顔をする。

「つれないなぁ……そうだ、君の会社の取引先にウチで融資してるところあるんだよね」

「世間話みたいにとんでもないこと言わないでください！」

ちらっと出た名前は、よりにもよって私が契約に関わった大口……ほぼ脅しじゃないですか。

「じゃあ今週の土曜日、駅前の妙な銅像の前に十時ね。あとこれ連絡先」

そう言って渡されたのは、いかにもどこかの企業のものっぽい名刺。裏には手書きで番号が書いてある。

「ウチの組の奴に絡まれたらそれと裏をセットで見せれば大抵は大人しくなるから。まあ熊谷サンには効果ないけど」

そんな物騒なものいらないんですけど。

そう言う前に金谷さんはスキップしそうな勢いで信号のほうに向かっていて、私は名刺を片手にしばらく呆然と立っていることになった。

そして来てしまった一方的な約束の日。

金谷さんが言った通り、熊谷さんは朝から出かけていた。

「良かった来てくれて。あと五分遅かったら梢チャンの取引先に電話しちゃうところだった」

すごく良い笑顔でとんでもなく下衆(げす)いことを言いながら、金谷さんは手を差し出してくる。

デートといえば手を繋ぐ？　そんな文化知りません。

その手を無視してとりあえずこの辺りにある映画館の方面に向かって歩き始めると、後ろからすごく不満そうな声が聞こえてきた。それも当然無視。

「つれないなぁ。まあ、来てくれたし、いいか」

私は何も言っていないのに、金谷さんはひとりで納得して横を歩き始める。

「そうだ、映画の内容だけど話したっけ？」

「……いえ、一切聞いていませんが」

一方的に誘われて映画のタイトルすら聞いていません。

昨日の夜ふと気になって、今上映している映画の一覧を確認したものの、金谷さんの好みを知らないからあんまり参考にはならなかった。

「梢チャンはどんなのが好きなの？」

どんなのって言われても……映画館に行くこと自体久しぶりだからなぁ。でも、気になる作品はいくつかある。いつの間にか実写化してた恋愛漫画とか、海外のスパイアクション映画とか。

そう言うと、にっこりと笑みを深める。

「そうなんだ。今から観る映画、恋愛もアクションもあるからきっと梢チャンも気に入るよ」

恋愛とアクションはわりとどの映画にも珍しくない気がするけど……まあ観ているだけで時間は潰せるし、いっか。映画を観ること自体は嫌いじゃないし。

なーんてお気楽でいられたのは、私が金谷さんという人物を全く理解していなかったからだった！

最初は普通だったのだ。映画のポスターもあらすじも特におかしいところはなかった。

主人公の青年が病気の彼女のお見舞いに行って、病室の人との交流ですぐそばにある死と向き合っていくという、なかなかに感動的なお話だった……途中までは。

だが、中盤くらいに差し掛かって一気に不穏な方向に向かっていく物語。

アクションもあるって聞いていたためその前振りかなと思ったけど、なんか想像と違う！

迫り来る執刀医の凶刃、霊安室に続く血痕、奇妙な叫び声を上げて精神を崩壊させていく患者たち、病院の廊下で嗤う首の折れた人形、地下に収容された実験体……

ホラー映画なら先に言ってくださいよ！　こういうのダメなんです私！

突然、背後でドンッと大きい音がする。振り返っても何もない……いや、いなくなった……

無理！　こういうの無理っ！

なのに、まだしばらく先がある。なんならこれからが本番だろう。

無理、耐えられる気がしない。

私はそっと椅子から腰を浮かせる。今の時点で夢に見そう。お手洗い行くフリして逃げよう。ついでに帰ろう。

再び大きな音が鳴る。発砲音っぽかったな。

そして同時に腕を強い力で掴まれて、私は危うく映画館で大声を上げるところだった。

「……離してください」

「これからいいところなのに？」

「お手洗いです」

「嘘だね」

周りのお客さん……は、こんな内容の映画だったからか全然いないけど、出来る限り小さい声で話す。

「私の自由です」

「行かせないよ」

金谷さんがそう言った瞬間、映画の中で一際大きな落下音がする。それと共に、私の座る列の端にいる人が脚を組んであからさまに通路を狭めた。そばには映画鑑賞に似合わない長旅でもするような大きなキャリーケース。

ここまでするか。

「彼女のお願いなら聞いてあげられるけど、梢チャンはどう思ってる?」

「誰がこんなことする人の彼女になると思いますか?」

「それは残念」

金谷さんはそう言って映画のほうに視線を戻す。

聞こえる悲鳴、何かの潰れる音、上がっていく金谷さんの口角。そんなに面白い要素ありますか⁉

だめだ。私にこういう映画向いていない。目を閉じて寝られれば……ひっ、今変な音した！　え、え……足音？　どこから……？

目を閉じていても音は防ぎようがないし、むしろ予想もできないから余計怖い！

「このシリーズ名作だよねー」

シリーズもの⁉　これが⁉

金谷さん以外の誰が喜ぶんだこんな映画。怖いだけ……うっ、また病院の犠牲者が……

最終的に物語は主人公の青年が生ける屍と化したところで終わった。

何が「tobecontinued」だ。続かなくていいよ、こんな詐欺映画。

「いやー、面白かったねぇ」

映画が終わった頃には私も主人公よろしく虫の息で、映画館を出られたのは金谷さんに引っ張られたおかげだ。

もう嫌、あの映画。しばらく怖くて病院行けない。

「まさか最初に主人公が病室に入った時点で実験台にされてたなんてね。俺も騙されたよ」

「……私はあなたに騙されましたけどね」

まんまと引っ掛けられた。結局、最後まで観させられたし。

「大っきい音がするたびにビクビクしてたねぇ。手繋いでたから梢チャンが怖がってるの、すごい伝わってきて俺もゾクゾクしてたよ」

「その表現やめていただけますか」

手は繋いでいない。一方的に掴まれていただけです。あと、どうして金谷さんがゾクゾクしてるんですか。

「はぁ、ほんと、梢チャンのそういうとこ大好きだよ」

どこがですか。

私は当たり前のように横に並んで歩いている金谷さんを睨む。

「じゃあ私、帰りますね」

映画を観るというタスクは達成した。もういいでしょう。

「えー、その辺のカフェで映画の感想しゃべるとか」

「あの映画に対する感想は恐怖以外にありませんっ！」

ああいう背後から急に驚かしてくる系とか、お化け屋敷とか、苦手なんですよ。むしろどうして金谷さんは平気なんですか。

「観るだけなら、逆に安心して観れない？」

実際に背後から襲われたわけじゃない……ってそうですね。この人を背後から狙いたくなる方の気持ち、今ならわかります。

「じゃあ今日は次で最後にするよ。梢チャンとは色々しゃべりたいんだ」

「私は特に話すことはありません」

帰って布団に包まりたい。あったかいものでも飲んで楽しいことを考えたい。でもこの人かなりしつこいし……最後って言ってるからとりあえず付き合うか。

「……が、わかりました」

「それならあそこ、あのベンチで待ってて。俺飲み物買ってくる！」

別に喉は渇いてないですと言う前に、金谷さんはスキップでもしそうな勢いでジュースの移動販売の車に向かっていった。

これ以上彼に何か頂くというのは憚られ、私も移動販売のほうに向かう。

色々種類があって迷ったので、厳つい外国人のお兄さんがカタコトの日本語でおすすめと言ってくれたミックスジュースを選ぶ。

何種類かの果物をブレンダーで混ぜているのを眺めていると、唐突に金谷さんが私の腕を掴んだ。

「ねぇ、後悔しない？」

「後悔？　何をですか」

「俺を選ばなかったこと」

「え……しないと思いますけど」

むしろうっかりでも選んじゃったら、後悔しそう。

「そっか。じゃあ恋人って方面は諦めたほうがいいのかな。残念」

妙に残念の部分を強調される。

強調されたところで、そもそも恋人になるつもりはないですから。

「お話というのはそれだけですか」

「今のは確認、かな。ジュース出来たみたいだし、あっちで話そうか」

金谷さんはさっき言っていたベンチを指差して、先導するように歩き始める。

これ以上何を話すつもりなんだろう。

というか金谷さん、見た目は悪くないどころかカッコいい部類に入るのに、なぜ出来立てピザではなく私のような冷めた惣菜パンを選びたがるのでしょうか。

「ここ、空いてるよ」

疑問を抱いている私をよそに、さも恋人でも誘うかのように彼は自分の横をポンポン叩いている。

私はそれを見ないふりをして少し離れた位置に座った。

「それで、なんの話ですか」

早く終わらせたかったので自分から切り出す。

金谷さんは私との間にあるスペースを見て少し寂しそうにしながら、買ったジュースを飲んだ。

「美味しいよ、これ。梢チャンは飲まないの？」

「せっかく買ったので飲みますけど……本題を言ってください」

金谷さんの返答を待ちがてらジュースを口に含む。甘い味のあとにほのかな苦味、あとは肌寒さも加わって、私は少し身震いした。

「……梢チャンはさ、熊谷サンに買われたんだよね」

「そうですが」

買われた。その無機質な響きに戸惑う自分に驚きつつ、私は短く返事をする。

「それがどうかしたんですか」

「俺も梢チャンを買いたいって思ってる。もちろん熊谷サンよりいい条件で。どうして俺はダメで熊谷サンはいいの？」

「それは……正直に言って金谷さんのことは苦手ですし、そう何人もの方とそういう関係になるつもりは……」

「何人もって、俺を選んでくれたら梢チャンのことは誰にも手出しさせないよ。それがたとえ熊谷サンであってもね」

金谷さんは暗い笑みを浮かべて唆すように言う。気付けば距離を詰められていた。

「それとも、本気で熊谷サンに惚れたの？」

わ、私が熊谷さんに……？

少し前に会社の人としていた話を思い出す。虚しい関係――気持ちが伴わない関係は虚しい。

そのとき、私は……

「教えてよ。俺と熊谷サンは何が違ったの？」

胸が痛くなる。苦しくなる。寂しくなる。

もしこのまま熊谷さんとの関係が終わって、金谷さんとの関係が始まったら、私はきっとそうなる。

考えるだけで、悲しくなる。

この感情は、いつの間に私と熊谷さんとの間に入り込んできたんだろう。

考えすぎたせいだろうか。頭がくらくらしてきた。

「人違いだったんでしょ？　それなのにかなり無理やり迫られたって聞いてるよ。無理やり抱いて好き勝手開発した挙句、ずっと君を束縛し続けてる」

金谷さんの顔がすぐ近くにある。

影を落としたようなその表情からは、一切の感情が読み取れない。

視界にもやまでかかってきた。まぶたも重い。異常なまでの倦怠感。

「ま、まさか……」

手から力が抜け、飲み物が音を立てて落ちる。一瞬で中身が氷を残して芝生に吸い込まれて、空になった容器がコロコロ転がっていく。

「だったら俺も同じようにするだけだよ。熊谷サンとはちょっとだけやり方は違うけど、梢チャンに振り向いてほしいから」

いよいよ、ぐらりと大きく頭が揺れた。

内側からジリジリと広がってきた空虚な何かが、私の体を人形に作り替えているみたいだ。

おそらく薬だ。でも、いつの間に……。

背後からバタッと音がした。嫌な予感がして、私は油の切れた機械みたいになってしまった首を懸命に動かしてそちらを見る。

業者の人っぽい格好の男が二人、周囲を気にするそぶりでこちらに近付いてきていた。

「目の前で作ってもらったからって油断した？　駄目だよ、知らない人はみんな疑わないと」

意識を保とうと必死になっている私を、金谷さんは恍惚とした表情で眺めている。そうだ、あのお店の人もぐるだったんだ。

「大丈夫、毒じゃないよ。まあ慣れてないと副作用のほうが強く出ちゃうけど、じきに本当の効果が出てくるから」

ほんとの効果……？

冷たい指先が頰に触れる。それが合図だったように心臓が跳ねて、鼓動が激しくなった。

「怖いことはしないよ。ただ場所は変えようか」

抵抗したいのに、体が金谷さんのほうへ倒れていって、もたれかかる形になってしまう。

背中に腕が回されてゆっくりと立たされる。

「い……や……」

「大丈夫だよ。すぐ溺れさせてあげるから。楽しみだなぁ、嫌って言いながら快楽で歪む梢チャンの顔、それを知った熊谷サンの反応も」

金谷さんは相変わらず恍惚とした表情で私を見下ろし、服越しに下腹部に触れる。撫でるような動きはその奥を見据えているみたいで、這い上がってくる疼きに私は咄嗟に腕を払って膝をついた。

膝が震えている。

「怖がることは何もないよ。大事に可愛がるからね」

……違う、この人のことが怖いんじゃない。

金谷さんは私を立ち上がらせようと腕を引き上げる。私はそれに必死で抗った。

このまま連れていかれたら、私は間違いなく金谷さんに捕らえられる。この人は熊谷さんよりも何を考えているのかわからない。

何より私が嫌なのは……

「金谷。ふざけるのも大概にしろ」

静かな、けれど怒りを含んだ低い声。

次の瞬間、ドンと鈍い音がして、私の腕を掴んでいた手が緩んだ。同時に体が地面から離れて、目の前に人相の悪い顔が現れる。

「熊谷さん……」

思わず漏れた声は震えていたものの、その傷のある強面に安心した私もいた。

熊谷さんは私を抱き上げたまま、お腹を抱えてうずくまっている金谷さんを睨む。

「何がデート中だ。ふざけたことしやがって」

デート……？　熊谷さんの口から飛び出した似合わない単語に私は固まった。

どうしてデートって？　熊谷さんには言ってないはずなのに。

「こっちも聞きたいよ。会合放り出してきたの？」

熊谷さんが今日は朝から出かけていたのは知っている。一日戻らないかもしれないとも言っていた。

その熊谷さんがなぜ、ここにいるの？

「全員頷かせてあとは神木の親父が全部終わらせた。俺の仕事は終わってる」

……どういう状況の話をしているのかよくわからないけど、とりあえず熊谷さんの用事は終わっているんだということはわかる。

「うわー、熊谷サンらしい。でも、たかが女一人のためにここまでするのは……らしくないね」

「こいつはカタギだ。俺以外のやつと関わらせるわけにはいかねぇんだよ」

「自分から引きずり込んでおいて勝手だね。このデートは梢チャンも承諾してくれたんだよ？」

そうだよね、と金谷さんは同意を得るように私を見る。確かに承諾はしたものの、このんでしたわけではない。私は違うと首を横に振った。

「違うってよ……お前、こいつに何使った？」

熊谷さんは熱を帯び始めた私の頬に触れて僅かに焦りを見せる。薬を飲まされていることに気付いたのだろうか。

「たいした薬じゃないよ。少なくとも熊谷サンが警戒してるやつじゃない。ギリギリのやつ」

法には触れていない、そう言って金谷さんは笑った。

「ちょっとしたスパイスだよ。まあ、完成品を味見する前に匂いを嗅ぎつけた熊に持っていかれそうだけどね」

そして、少し呻き声を上げながら、ゆっくり立ち上がる。その後ろにはさっきの業者っぽい格好の二人が立っていた。

「お前、本気で……」

「言わなかった？　味見したかったって。興味は尽きないよ」

そう言って金谷さんは手をヒラヒラさせ、二人に戻るよう命じる。そして、自らも踵(きびす)を返してそちらを向いた。

「まあ、ここで熊谷サン相手に争うのはちょっとねぇ。とりあえず今はいいや。あ、でも梢チャンのことはいつでも歓迎だからお金に困ったらぜひ来てね」

人当たりの良さそうな笑みを浮かべて振り向いた金谷さんは、ブレることなく人に借金を背負わせようとしてくる。

私も熊谷さんも無言で睨(にら)むと、彼はため息をついて車のほうへ向かっていった。

金谷さんを乗せた車が走り去るのを見届けた熊谷さんが、私を抱えたまま黙って歩き始める。

下ろしてほしいと言いたかったけど、自分で歩けるかと聞かれたら自信がないので言わなかった。その代わりに、わからないことを聞くことにする。

「どうして、ここにいるってわかったんですか」

「……お前はどうして何も言わなかった」

「それは……」

「少し前からおかしいのは気付いていた。あいつに脅されでもしたんだろうが……俺に一言言うくらいできたろ」

「す、すみません……」

熊谷さんは険しい表情を浮かべて私を見下ろす。

……怒らせてしまったんだろうか。まあ、当然か。熊谷さんに黙って金谷さんの誘いに乗ってしまったんだから。

でも、どうして私は熊谷さんに言うことができなかったんだろう。言ったところで私の会社が傾いて熊谷さんが喜ぶだけだから？　違う、熊谷さんはそうさせないはずだ。だから私は今も仕事を続けられている。

「……とにかく、無事ならそれでいい。戻るぞ」

険しい表情のまま、けれどどこか安心したように息を吐いた熊谷さんは、私を見慣れない黒い車の後部座席に座らせた。自分は黙って運転席に座ると、キーを回してエンジンをかける。

その様子を見ているうちに、唐突に理解できた。

私は、この人に知られたくなかったんだ。

隠れて会うような真似をすることは後ろめたかったし。

後ろめたいのは、私が熊谷さんの女だから……？　ああ、だめだ……

頭がうまく回らない。考えちゃいけないことを考えていて、脳に考えるなと言われている気分。

その代わりに体の奥がジリジリと熱を帯(お)びてくる。これが金谷さんの言っていた本当の効果に違いない。

呼吸の仕方を忘れてしまったみたいに息が乱れて、体から本格的に力が抜けていく。周囲の空気が無数の針のように肌を刺激する。エアコンが運んでくる風に熊谷さんの肌の匂いが混じっていて、それに気付いた心臓がうるさく鳴り始めた。

早く……

こんなに時間が過ぎるのが遅く感じたことはない。

たかだか十分程度の移動だったのに、マンションが見えて地下の駐車場に着いたときには一時間以上かかったんじゃないかって思えるくらい、感覚がおかしくなっている。

熊谷さんが車を降りて後部座席のドアを開けた。やっと戻ってこられたという安堵と待ち切れなさで私は腰を上げる。

部屋に戻って、この疼きから解放されたい。

けれど熊谷さんは後部座席に乗り込んできて、なぜか私の横に座った。

「熊谷さん……?」

部屋に戻らないんですか?

熊谷さんは何も言わない。黙ったまま、気付くと流れていた私の涙を指先で拭う。

その仕草に心臓が掴まれたように苦しくなる。喉の奥が熱くなって、嗚咽が漏れそうになっていた。

「ごめんなさい」

「……謝るな」

熊谷さんは何かを堪(こら)えている声でそう言うと自分の背中側のシートを乱暴に倒して、次いで私の肩を押さえつけながら私のいるシートを倒す。仰向(あおむ)けに転がされた私は、呆然と熊谷さんを見上げることになる。

ここで、するつもりだ。

「お前を車に乗せてから、俺はお前とヤりたくて仕方がなかった。だからお前は謝るな」

でも、私の体はいつになく激しく熊谷さんを求めている。そして熊谷さんは、私がそういう状態だと知っている。

それなのに彼は、自分が無理やり私を抱くことにしようとしていた。今は私が抱かれたいって思っているのに。私が求めているってことにすればいいのに。

熊谷さんは私のズボンのベルトを外す。

そしてズボンの留金を外そうと手をかけた。私はその手首を掴む。

「……自分で、やります」

熊谷さんがわずかに目を見開く。駐車場の薄暗い光の中で、その表情はやけに鮮明に見えた。

私は靴を脱ぎ、ズボンを脱ぐ。同時にショーツも下げて、熊谷さんの上に跨った。緊張のせいで全身が震えている。慣れないことはしないほうがよかったかもしれない。

「失礼します」

私は熊谷さんのズボンのベルトに手を伸ばす。でも手が震えてうまく金具を外せない。やっと外せたと思ったときには、熊谷さんのものの熱が布越しにはっきりと伝わってきていた。

「あとはいい」

熊谷さんはそう言って私の手をゆっくり払うと、自らズボンをくつろげる。

私と熊谷さんの間で、彼のものがひとりでにピクリと動いた。

やがて熊谷さんの指が確かめるように私の中に入れられる。その刺激は、私が待ち焦がれていたものだった。

「あっんんっ！」

出たり入ったりを繰り返すそれだけで私の体は快楽で震え、蜜を溢れさせる。

指だけでこれなんだ。熊谷さんのもので満たされたら、どうなってしまうんだろう。

考えるだけで奥が切なく疼いて達してしまいそうだった。

空いている手がブラウスを捲り上げて下着をずらす。露わになった頂は、熊谷さんの口に含まれて転がされる。

新たに加わったその刺激だけで既に限界だったのに、さらに彼の指が花芯を押して、耐え切れなくなった私の体は大きく痙攣した。ぷしゅりと音がして温かいものが広がっていく感覚がある。

同時に指を抜いた熊谷さんは、親指と人差し指を擦り合わせて指先に絡み付いた蜜の状態を確かめた。

「腰、上げろ」

私は言われた通りゆっくり腰を浮かせる。

頷いた熊谷さんは自らのものを掴んで数回しごいたあと、入り口にその先端を当てがった。

いつもの何倍も敏感になっているせいか、彼のものが触れただけで入ったように錯覚し、私の内側は締め付けるように蠢いて、それでまだだと気付く。余計に激しく奥が疼いた。

零れ落ちた蜜が当てられた先端を伝い落ちていく。

それが合図だったように、熊谷さんは私の腰を掴んで引き落とす。

「……っ！」

嬌声はもう声にならなかった。

ずるりと最奥までを満たされて、待ち望んでいた感触に快楽が一瞬で全身を駆け巡る。

あまりに強い感覚に処理が追いつかない。私は誰なのか、どこで何をしているのか。今感じている快楽以外の全ての情報が遮断されている。

「うっ……あっ……！」

はっきりとその姿形がわかるほどにキュウキュウと締め付けを強めた内壁が、その変化をすぐに嗅ぎ取った。

表面を這う血管が大きく脈打つ。その間隔は徐々に私のものと共鳴していった。

お互いの心臓の鼓動が完全に一致する。直感的にそう思った瞬間、熊谷さんが腰を突き上げてさらに奥に剛直を押し込んだ。

「きっついな」

明らかに余裕のない声。

彼は私の腰を掴んで私の体を上下に揺する。同時に腰を動かされて、内壁と剛直とが激しく擦り合わされた。

「あンっ！　あっ！」

ぐちゃぐちゃだ。頭の中がさっきからずっと黒と白に点滅していて、黒いときには意識が途切れている感覚すらある。

「くっ……」

熊谷さんは堪えるように呻くと、反対側のシートに私を押し倒した。

そして腰を大きく揺すって奥に何度も欲望を叩き付ける。もう熊谷さんだって限界のはずだ。それでもできるだけ高めようと堪えて……

車の中という狭い空間の中で卑猥な水音が響き続ける。グチュグチュと絡み合うその音があまりにも大きくて、外に聞こえていないか不安になるくらいだ。

「ん、あっ！　んンっ！」

私は既に何度も絶頂の波に呑まれている。薬の効果で強められた刺激に体が悲鳴を上げていた。

「くま、くまが、やさんっ……！」

これ以上は強すぎる。全部わからなくなって壊れてしまう。

「……っ、わかった」

熊谷さんは私の腰を掴む力を強めて、残っている力を全て込めて奥へ猛りを叩き付ける。

視界の端でチカチカと星が瞬いた。

やがてどろりとした欲が吐き出されて、熊谷さんと私は動きを止める。

けれど互いの熱は消えていない。

熊谷さんはゆっくりと私の腰を持ち上げた。

……離れてしまう。まだ、足りないのに。

そう思った私はとっさにそれに抵抗していた。腰を落として彼の首に腕を回す。

そして、熊谷さんが自分を落ち着かせるように息を吐いたのが、すぐ耳元で聞こえた。

――目を覚ますと、私はベッドに寝かされていた。

寝惚けたままのろのろと立ち上がってリビングへ向かう。疲れが体の中に澱のように蓄積していて、手足が鉛になったみたいだ。

時計を見ると深夜の三時。気絶するみたいに寝てしまったから、こんな変な時間に起きてしまったのか。

とりあえず流しで口をすすいで水を飲む。

水ってこんなに美味しかったっけ。

乾いた土に水をかけている気分だ。どれだけ飲んでも亀裂に吸い込まれて消えていく。

三杯目を飲み終えてようやく落ち着いた私は、寝てしまったために呑んでいなかったアフターピルを呑もうと四杯目の水を持ってソファーに向かう。

とりあえず座ろうとしたときだ。

「熊谷さん？」

なぜかソファーでは熊谷さんが眠っていた。よほど疲れているのか、私の声にもピクリとも反応しない。

私はグラスと薬をテーブルに置いて反対側のソファーにそっと腰掛ける。

どうしてベッドじゃなくてこんなところで寝ているんだろう。

私が、寝ていたから？

そんなこと気にしなくても十分広いベッドなのに。

「風邪、ひいちゃいますよ」

軽く肩を叩いてみても身動ぎすらしない。いくら空調が効いているとはいえ、この時期にガウン姿でソファーで寝ている姿はどうにも寒そうで、私は寝室のクローゼットから毛布を持ってきて熊谷さんの体にかけた。

しばらくその寝顔を眺めた後で水と薬を呑み終え、立ち上がった瞬間、暑かったのかバサッと音を立てて毛布が床に落ちる。毛布は男の人には暑すぎたかなと、タオルケットをかけてみると、今度は払い落とされなかった。

時間が時間なので起こすつもりはないものの、私はどうしようか。

自分だけベッドに戻るつもりにはなれない。寂しい……から。

私は毛布に包まって、眠っている熊谷さんの前に座る。毛布越しでも床は固いけれど、それは少しも気にならなかった。

――誰かに肩を揺すられて目を覚ますと、熊谷さんが心配そうに私を見ていた。

どうやらあのまま床に倒れ込んで眠ってしまっていたみたいだ。下になっていた肩のあたりが痛い。

「床で寝るなよ」

「あはは、ついうっかり……」

肩を軽く揉みながら起き上がると、お腹が鳴る。

そういえばあれから何も食べていない。

恥ずかしさで毛布を頭から被りたい衝動に駆られながら、私は熊谷さんから目を逸らす。

「飯、適当に冷凍でよけりゃ食うか？」

その言葉で、冷凍庫に冷凍のパスタとうどんが入っていたことを思い出す。

「あ、はい。でも自分でやりますよ」

「床なんかで寝たって体痛くなるだけだろ。作ってやるから座って休んでろ」

熊谷さんは私の肩に手を置いてソファーに座らせると、キッチンへ向かった。けれどその途中で思い出したように足を止めて私を見る。

「あれだ、その。タオルケット、ありがとな」

それだけ言うと、足早にキッチンへ去っていく。

しばらくその意味がわからなかったものの、熊谷さんが一瞬指差していたほうを見て理解する。私の横に見覚えのあるタオルケットがあって、それは丁寧に折り畳まれていた。

‡　‡　‡

その日は妙に時間の流れが遅く感じた。

毛布とタオルケットを洗ってクローゼットに仕舞っているときに熊谷さんが帰ってきて、突然後ろから抱き締められる。お風呂上がりだった私のバスローブの帯が解かれた。するりとバスローブが床の上に落ちて、私は文字通り一糸纏わぬ姿で熊谷さんと向き合う。

「……どうしたんですか？」

熊谷さんはなぜかぼんやりと私の顔を見つめている。

私の声でハッと我に返ったのか、熊谷さんは黙って私をベッドに押し倒した。

そして私の上に馬乗りになった状態で服を脱ぐ。これまで何度も体を重ねてきたけど、こうして熊谷さんの上半身を見るのは初めてだ。

無数の傷痕や火傷の痕、手術の痕が目の前に現れる。けれどそれ以上に目を引いたのは、色鮮やかな入れ墨だ。肩の辺りで渦を巻いているような、色鮮やかなその模様は背中まで繋がっている。

呆然とそれを見上げる私の胸に熊谷さんの手が置かれた。よく見ると、その腕にも波を思わせる模様が刻まれている。

「もう見せたところで驚きはしねぇだろ」

「ま、まあそうですけど……」

熊谷さんはヤクザだ。入れ墨が入っていることについて、別に驚きはしない。

私はただ、その鮮やかな色彩に目を奪われていた。

「俺がヤクザだってのは最初っからわかってただろ。まあ、言ってなかったし、変にビビらせたくなかったから、これまで脱がなかったんだよ」

「確かに最初のときにこれ見せられてたら、ちょっとどころじゃなく、かなりビビります」

「そうだろうな」

なんとなく気になって、私は熊谷さんの肩の入れ墨に指先を伸ばす。恐る恐る触れてみると、それは普通に温かな人の肌だった。

私の様子を見下ろしながら熊谷さんが困ったように微笑む。

「気になるか」

「それなりに……見るの、初めてですから」

テレビとかで外国人のスポーツ選手がしていたりするのは見るけど、直接こうして見るのは初めてだった。

「ヤクザの人って、どうして入れ墨なんてするんですか」

「理由はそれぞれだ。単にそれらしくするために入れてる奴もいる。俺の場合は組に覚悟を示すためだな。あと俺みたいな役割してると、こういうので覚えられるほうが何かと便利だ。まあ、目立つから最近はしてねぇ奴も多いが」

敵？　をブッ飛ばすのが仕事って前に言ってたし、確かにこんな迫力のある入れ墨をしている人が取り立てに来たら怖い。危険ですってオーラを出すためでもあるのか。

「もういいか？　別に俺はお前に墨を見せたかったわけじゃねぇ」

そう言って、熊谷さんは私の胸の上に置いていた手を動かす。彼の手の中で私の胸が形を変える。

「ひゃ……んっ……」

指先が僅かに触れるだけで心臓が高鳴る。散々刺激を与えられてきたのに、全く慣れることができない。それどころか、回を重ねるにつれて体のあちこちが敏感になっている気さえする。

まだあの薬の効果が切れていないのか。

いや、飲まされたのは昨日の昼だ。もう丸一日以上経っている。

「だ、め。そこばっかり……あっ！」

上から先端を潰すようにぐりっと押されて、私の体が跳ねた。触れられている部分から熱を帯びて、それが全身にじりじりと伝わっていく。

そうして胸だけを攻められているうちに、徐々に下半身が疼き始めた。無意識のうちに私は腿を擦り合わせてそれを逃がそうとしたけれど、その動きはすぐに熊谷さんに止められる。

「慣れは怖えな。どこでそんな誤魔化し方覚えたんだ。俺の挿れるまで待てねぇのか？」

「な、慣れてなんて……」

むしろ慣れていたらこんなに感じないはずだ。

「すぐ濡れるようになったじゃねぇか。もう入り口が湿ってるぞ」

熊谷さんは私の秘部に手を伸ばして、そのまま指先を中に入れた。その刺激だけで中がきゅっと締まって、私は高い声で啼く。

これほどまでに刺激に対して敏感になってしまったのに、なぜか体はさらに刺激を欲して淫らに揺れる。熊谷さんもそれに応じるように指の数を増やして激しく私の中をかき乱す。

やがてすっかり乱れて溶けた私の中に、熊谷さんのものが突き立てられた。

容赦のないそれは、凄まじい勢いで奥の入り口をこじ開け、あっさりと最奥に達する。

硬く熱いものが一瞬で私の中を埋め尽くし、その存在を誇示するかのようにさらに質量を増す。表面が脈打つたびに私の体は電流が流れたみたいに痺れた。

「はっ……ふぁっ……」

熊谷さんは私と体を密着させたまま、緩く腰を動かす。擦れはしないものの僅かに中のものの角度が変わり、違う場所に力が加わって私の喉を震わせる。

「動かすぞ」

その声と共に勢いよく熊谷さんの剛直が引き抜かれ、全く間を空けずに再び私の中を埋め尽くした。

肌と肌が激しくぶつかり合って、お互いの体が大きく揺れる。そのたびに苦しいほどの快楽が私を襲い、わずかに残っている理性を蝕んでいった。むしろその理性こそが快感を邪魔しているようにすら思えて、私は自ら考えることをやめる。

「い……あっ！　くまがや、さん……も、むりなの」

理性を捨てるのと同時に、堪えていたものが内側からせり出してきて私の体を淫らに突き動かした。一番感じる部分に熊谷さんのものが当たり、触れたそれを逃さないために、私の中は締め付ける。

「お前っ……俺相手に強請る気か」

熊谷さんはそう呟いて剛直を抜く。目の前にさらされたそれは私の蜜でぬめりを帯びて、時折ピクリと蠢いていた。

彼は軽く息を吐き、劣情に濡れた瞳で私を見下ろす。

「……いいぜ、好きなだけくれてやるよ」

湿り気を帯びた音が一段と大きく響いた。

私の中で熱い液体がほとばしり、私と熊谷さんの間にある僅かな隙間を埋め尽くしていく。やがて吐精を終えて力の抜けた熊谷さんの体が、私の上にゆっくりとのしかかった。

いつもとは違う、服越しじゃない熊谷さんの体はじっとりと汗ばんでいて、その熱を直接私に伝えてくる。

目の前には極彩色の光景があって、まるで夢を見ているような気分だった。

その日以来、熊谷さんは私とするときは普通に服を脱ぐようになった。

背中側にある入れ墨は、本人いわく毘沙門天らしい。名前は聞いたことのあるそれは、とりあえず強そうで、熊谷さんには似合っていると感じる。

「――次、いくぞ」

今日も熊谷さんはそう言ってぐずぐずになった私の上半身を引き起こし、ひょいと膝の上に乗せた。自分はソファーの背もたれに体を預けて、倒れ込んでくる私の体を受け止める。

そうして抱き合うと、ゆっくり私の体を持ち上げて先端を中に入れ、手を離す。膝で立つ力すら残っていない私の体はそのまま崩れ落ちて、熊谷さんのものを呑み込んだ。

「ふぁっ！」

落ちる勢いだけで擦れ、体と体が当たる瞬間に一番深いところで何かが弾ける。

私は熊谷さんにすがりつくようにその体を抱き締めて肩に顔を埋める。汗と熊谷さんの匂いが混じり合って、むせかえる男の匂いに私の頭はくらくらした。

「もっとだ。自分で動いてみろ」

耳元でそう囁かれて、私の下腹部がみっともなく疼く。熊谷さんはそれに気付いてうっすらと笑みを浮かべると、繋がったままの私の体を軽く揺さぶった。

その刺激だけで膝がガクガク震えるのに、自分でやれって……

脚が言うことをきかないから、熊谷さんの背に回した腕に力を込めて体を無理やり持ち上げる。けれどそれのせいで中が擦れて、すぐに力が抜けてしまった。

「む、むり……です」

「仕方ねぇな。もうちょっとお前は体力を……ん？」

そこで突然、ガラステーブルの上に載っていた熊谷さんのスマホが振動して音を立てる。

熊谷さんは私を膝の上に乗せたまま手を伸ばしてそれを取ると、あからさまに不機嫌そうな顔で通話ボタンを押した。

「なんだ。この時間はかけるなって言ったろ」

『す、すみません。ですが組の連中が……』

電話口から聞こえてくる声はくぐもっていて、よく聞こえない。

熊谷さんは無言でそれを聞きながらちらりとこちらを見ると、片腕で私の体を持ち上げた。そして私をソファーに下ろし、待っていろというように私の頭を軽く撫でると、声の届かないキッチンの奥に向かう。

電話をしているその後ろ姿をぼんやりと眺めているうちに、少しずつ体の火照りが収まっていくのを感じた。

鮮やかな色彩に、私の知らない熊谷さんのヤクザとしての横顔。そこだけがこの部屋の中で別の空間のように見える。

やっぱり熊谷さんは私とは住む世界が違う人なんだということを思い知らされた。

この関係が終われば、もう二度と会うことはないのだろう。そして私じゃない、私より綺麗な女の人を抱くんだろうな。

そう思うとずきりと胸が痛む。

……嫌だ。

どうして、こんなにも胸が掻き毟られるのか。

けれど考えたところで仕方がない。そう思ってしまうから。

私以外の誰かがいずれあの腕の中に抱かれるんだと思うと悔しくて、そう感じてしまう自分も嫌だった。

私は、熊谷さんのことが好きなんだろうか。

……いや、違う。これは執着だ。好きとか嫌いとかじゃない。熊谷さんがいなくなった世界を想像できないだけだ。

私は、熊谷さんの肉体に溺れている。

それに気付いた瞬間、恥ずかしさで顔が真っ赤に染まった。

買われた女だからって自分に言い訳して、行為を正当化していたのだ。なんて、浅ましい女なのだろう。

やがて電話を終えた熊谷さんがこちらに戻ってきた。

顔の火照りは隠そうとしても収まらず、むしろ熊谷さんの顔を見ただけでひどくなる。

思わず顔を逸らすと、彼は特に気にしたそぶりも見せずソファーの下に落ちていたシャツを拾い上げた。

「急用が入った。深谷のジ……いや、関係ねぇか。とにかく今日はもういい」

てきぱきと身支度を終え、ソファーに沈んでいた私の肩に歯を立てる。突然のことに私は声も出せずに固まった。

「じゃあな」

そう言い残して熊谷さんが踵(きびす)を返す。

「ま、待ってください！」

咄嗟(とっさ)に私はその腕を掴んで止めていた。

急用だって言ったのに、邪魔はしたくないのに、濡れた瞳で熊谷さんを見てしまう。

今すぐにこの手を離さなきゃいけないことをわかっていても、理性とは裏腹に腕を掴む力が強くなった。

「わ、私……ごめんなさい、ごめんなさい……」

熊谷さんは私の手をそっと剥(は)がすと、逆に私の腕を掴んで引き上げる。泣きそうな私の顔をしばらくじっと見つめ、やがて手を離した。

私の体はソファーの上に落ちて、視線だけが熊谷さんを見上げる。

「……また来る」

そう告げた彼の表情は、獰猛(どうもう)な獣のものでも、不機嫌そうなものでもない。様々な感情が入り交じっている無表情だ。

やがて目線を外され、熊谷さんの足音が遠ざかる。

部屋に誰もいなくなってからも、私は呆然と天井を見上げていた。

‡　‡　‡

翌日。出社してからも頭がうまく働かなくて、私はタイプミスや聞き間違いなどの単純な失敗を何度も繰り返していた。

見かねた先輩が早めの休憩をすすめてくれたけど、午前中のうちにきり良く終わらせたいので断る。昼休憩を返上して作業を続けて、なんとか時間内に業務を終えることができた。

普段なら時間が余るくらい簡単な業務だったのに、妙に集中できず疲れている。

「どうしたの沢木さん。今日はなんかずっとおかしかったよね」

帰り道、駅まで一緒に行くことになった相田さんと並んで歩いていたとき、そう聞かれた。彼女は私の顔をじっと見て、でも肌の調子は良さそうと呟く。

「私もわからなくて、こんなの初めて」

「この前一緒に映画行ったたって人と何かあった？　趣味が合わなさすぎて無理だったたって言ってなかった？」

ああ、そうだ。金谷さんのことはあれからしばらく質問攻めにあったから話したっけ。でもそもそも付き合ってないって何度も説明したのに。

「……その人とは、違う人」

昨日の夜、熊谷さんに対する執着を自覚して以降、私の調子はおかしくなった。

あのあと、自分の体の疼(うず)きに耐えられなくなった私は、気付けば自分を慰(なぐさ)めて達している。でも全然気持ち良くなくて、むしろ終わってから胸の中にぽっかり穴が空(あ)いて苦しかった。

熊谷さんにその穴を埋めてもらいたい。熊谷さんじゃないと嫌だ。

「前は違うって言ってたけど、やっぱり男だったか。だって、そうじゃなかったら、そんな切ない顔しないでしょ」

「……うん」

私は頷(うなず)いた。とても人に言えるような関係じゃないけど、否定はしたくなかったから。

「でも、好きとかそういうのじゃなくて、今の関係でいたいってだけ。変わるのは嫌なんだ」

「友達でいる間のほうがよかったっていうのは確かによく聞くけど……正直それだったらそのあとも何も起こらないというか、どっちかが飽きちゃったりしたら終わるよ？」

相田さんは困ったように言う。

実際、その通りだ。飽きたら終わりだって言われているし、最初はそれでいいと思っていた。

「それとなく気持ちを聞いてみたら？　向こうが同じように思ってるとは限らないわけでしょ」

「それとなくって、できたら苦労しないよ」

熊谷さんが自分の気持ちを話すことはない。それは私も同じで、これまでは感情が伴（ともな）っていなかったおかげで、そんな関係でよかったんだ。

むしろおかしかったのは昨日の夜の私の行動だろう。

けれどあれが私の本心だった。いなくなってほしくない、私を満たしてほしい、私だけを見てほしい、そんな欲求。

「っていうかあの趣味残念イケメンじゃないなら、誰との話？　私の知ってる人だったりする？」

「知らないと思うよ。それに、言えない」

「えー、じゃあ、私が今気になってる人教えるから教えて！」

「いやいや、それは確かに気になるけど言えないって」

それに言ったところで知らないだろうし信じてもらえないと思う。せいぜい、「熊っぽい人」としか言えなかった。

そんな会話をした四日後の土曜日の夜。部屋に熊谷さんがやってきた。

どこか疲れた様子で鞄（かばん）を床に置いてネクタイを外し、お風呂上がりの私を見るなり無言で腕を引っ張る。

大人しく立ち上がると、熊谷さんはなぜか何か悩んでいるような表情を見せた。もっとも、それは一瞬で、私は彼に腕を引かれベッドの上に転がされる。

「今日は、ずいぶんと大人しいんだな」

ぽつりとそう呟くその口調は低く落ち着いていて、そこから感情を感じ取ることはできない。

熊谷さんは、私をどう思っているんですか。私があなたに溺れていることを知ったら、私をどうするんですか。どうしたら、飽きないでいてくれるんですか。

そう問いかけたかったのに、その先を知りたくなくて私は口を開けずにいる。

「まあいい。今日で最後だ」

「……え？」

最後って、どういうことですか。

あまりにも唐突にそう言われて、私は頭の中が真っ白になった。

熊谷さんの顔がよく見えない。見ようと思って目を凝らしているのに、うまく焦点が合わないみたいにぼやけている。

「言ったろ、ずっと拘束はしねぇって。そろそろちょうどいい頃合いだ」

それはつまり、私に飽きたってことですか。

どうして、よりによってこのタイミングで言うんですか。

「これまで、ありがとな」

熊谷さんは感情のこもらない声でそう言った。

……気持ち、聞くまでもなかったみたい。

そうだ。わかってたよ、そんなこと。最初から、そういう話だった。

「そうですか。良かったですね」

私は表情を崩さないように、無理やり口角を上げて、そう答えることしかできなかった。

やる瀬ない思いを、自分自身の掌(てのひら)に爪を突き立てることで痛みに変える。

「まあこの部屋に関しては、お前名義に変えてあるから好きに使え。売ってくれても構わない」

「いえ。もう十分お世話になったので、お返しします」

この部屋は私だけが住むには広すぎる。熊谷さんに囲われていない私には分不相応だ。

それに、ここに住み続けたら私は一生、熊谷さんを忘れられない。

「それならここの売り値分、お前の口座に振り込んどく」

「お金は十分すぎるくらいいただいて……って、口座教えましたっけ？」

ずっと手渡しだったり翌朝机の上に置いてあったりで、口座に入れてもらったことは一切ない。貰ったお金の保管場所は銀行口座だけど、それは私が自分で新しく作った口座だ。

「細かいことは気にするな。今さらだろ」

確かにそうですけど。そういえば熊谷さんには前に財布の中を見られていたんだった。何を知られていても驚くことじゃない。

「……とにかく、終わりにする。だから最後にお前を抱かせろ」

‡　‡　‡

どうして、何がいけなかったのか。ほかにいい女の人を見つけたのか？　やっぱりこの前引き止めたせいで、邪魔だって思ったんですか。

聞きたいことが波のように次々と押し寄せて、口からぐちゃぐちゃな言葉が出そうになるのを私は必死に堪（こら）えた。

私にそれを問う資格はない。

「最後でもちゃんと金は払うから安心しろ」

……違う。お金はいらないから、抱いてほしい。そう言えば、彼を繋ぎ止めることができるだろうか。

いや、この人は私に飽きたんだ。飽きられた以上、もうどうにもならない。それはよくわかっていたはずだ。

私とこの人は住む世界が全然違って、こうして会っていることがそもそもおかしい。

でも、ほんの少しだけ期待していた。この人も、私と同じ気持ちなんじゃないかって。満たされていたのは、私だけじゃないって。

……けど、そんなことはなかったんだ。

私は感情を押し殺し、黙って頷く。

むしろ最後にこうして抱いてもらえるだけマシなのかもしれない。

熊谷さんは私の上に覆い被さると、慣れた手つきで私の服を脱がせて自らも服を脱ぐ。

色鮮やかな波模様が目に飛び込んだ。これを見るのも、最後なんだ。

「入れ墨、綺麗ですね」

「……褒めても何も出ねぇぞ」

熊谷さんは私の口に指を入れた。

余計なことを言う必要はない、という意味だろうか。

舌を柔く押し付けられながら私は息を吐く。熊谷さんは空いているほうの手で私の胸を撫でて、先端を指先で軽く押し潰した。

「ん……」

そこを起点に、痺れが全身に広がっていく。

熱を帯びた瞳が真っ直ぐに見下ろしていて、それに気付いた私は思わず目を逸らした。

心臓が壊れそうなほどに脈打っている。

「……お前は感じてろ」

熊谷さんは私の口から指を抜いて、その指で耳をなぞった。触れた部分が空気に触れて、ひやりとする。

そのまま彼の舌が下りてきて、直接私の耳を濡らした。水音が私の脳を侵す。

「んあっ……ふぅっ！」

水音を立て、もう片方の耳も侵される。触れられた全ての場所がじんじん痺れて、もうわけがわからない。

次いで、熊谷さんの指が私の一番敏感な場所に触れた。それだけで全身に快楽が電流のように走り、自分の中が収縮するのを感じる。もう私は熊谷さんにすっかり骨抜きにされていた。

女としての快感。それを開花させたのは紛れもなくこの男だ。

それなのに、どうして……

刹那、熊谷さんの指が割れ目をこじ開けて私の中に入ってくる。最初は異物としか感じることができなかったそれは、いつの間にか甘美なものに変わっていた。

「やぁ……！　そ、それいじょう、しないでぇ！」

　彼は私がどこをどう触れられると一番感じるのかを知っている。だからその部分を執拗に、だけど余裕を残してじっくりと攻め立てる。そうすれば私の中が勝手に期待して蜜を吐き続けることを知っているから、あえて焦らすようにしているんだ。

　そうしてすっかり解けた私の中に挿れる指の数を増やし、さらに激しくそれを暴れさせた。

　私の蜜が絡んで滑りがよくなった指を、時折、引き抜き、爪の先で花芯を弾く。

　繰り返されるそれに、私はもう堪えることもせず声を上げていた。

　じりじりと私の中に自分自身の欲が蓄積されていく。それは大きくなっていくばかりで、どれだけ刺激を与えられようと消えはしない。中途半端な刺激は逆効果だ。

　そんな私を見下ろす熊谷さんの瞳に、一瞬だけこれまでとは違う色が見える。劣情でも不機嫌でもない、戸惑いの色だ。

「もしお前が……いや、なんでもない」

　言いかけた言葉を、熊谷さんは咄嗟に呑み込んだ。まるで、言ってはいけないことを口走りそうになったみたいだ。

　私はその続きを聞きたかった。

「なんでもなく、ないです……熊谷さ……ひゃっ！」

「関係ねぇよ」

声の端にわずかな苛立ちが交じる。その声音に追及してはいけないんだと悟った。

「言ったろ、お前は感じて俺を愉しませりゃいい。お前に求めているのはそれだ」

そう言って熊谷さんは、私の蜜で濡れた指で私のお腹をなぞる。ぬらりと光る線が二本、その証拠のように描かれた。

そして私の脚が広げられて、すっかり濡れたそこが熊谷さんの前に曝される。

ベルトを外してくつろげられたズボンの間から覗くのは、赤黒く肥大した剛直。私は無意識のうちに唾を呑み込んでいた。

熊谷さんは私の秘部を濡れた指で大きく広げ、全く躊躇のない動きで剛直をねじ込む。

「く、くまがやさん……」

予感がしていた。

私の中で暴れている何かがすぐそこまで迫っている。

私は少し上体を起こして熊谷さんの腰を引いた。

何かに捕まっていないとそれが来てしまう。何もかもわからなくなるあの感覚が、私から全てを奪う……

今感じているこの感覚を逃したくなかった。これが最後だというのならなおさら、最後まで感じていたい。

熊谷さんは試すような瞳で私を見た後、ゆっくりと私の上に覆い被さる。

目の前にある鮮やかな色彩がまるで異国の絵画のよう。こんなに近いのに、確かな隔たりがそこにはあった。

4

俺——熊谷貴也があいつに、沢木梢に惹かれた理由が体だったことは間違いない。

それがいつの間にか俺の中で変質して、気付けばあいつの一挙一動から目が離せなくなり、溺れていた。

あいつは別に男をくるわせる魔性の女ではない。むしろ街中を歩けば普通にその辺りにいそうな目立たない奴だ。あいつより顔や体のいい女はごまんといる。

それなのに今の俺には梢以外見えちゃいない。あいつさえいればそれでいいとすら思っていた。

「——いや、本当にすみません。電話かけないほうがいいのはわかってたんですが……そんなに気に入ったんですか？」

車を運転しながら部下の西野が言う。

気に入ったというのは、間違いなく沢木梢のことだろう。

事務所に拳銃を持った馬鹿が単身で乗り込んできたとこいつが連絡を入れてきたせいであいつとの時間を中断した。いや、責めるべきは馬鹿のほうだが。

「まあな。あいつ囲って一ヶ月……いや、もっとか。それでも飽きねぇな」

飽きるどころかむしろ、手放せなくなっている。不思議なことに、あいつが生理中も俺は終わるのを待てた。

普段ならあり得ない。なのに、抱けないことに対する不満よりも、嫌われるほうが嫌だ。

「俺としては女の手配せずに済むんで、沢木さんには申し訳ないですが感謝ですね」

「俺もあいつには感謝してる。こんなに落ち着いてんのは久々だ」

これまでは自分の欲を抑えることができなかった。金には余裕があり、いくらでも女を買えるせいもあって、止めようとしなかったし止める気もなかったこともある。不満が溜まれば発散する、その繰り返し。

今思い返せば、かなり虚しいことをしていた。

あいつといると満たされる。不満だからじゃなく、満たされたいから梢を抱きたい。

「いっそ結婚でもしたらどうですか」

「本気で言ってんのか？」

「半分くらい本気ですかね。まあ、さすがに堅気の姉ちゃん巻き込むのはまずいっすよね」

「今の状況で結婚どうこう言えるわけねぇだろ。んで、その馬鹿は何か吐いたか」

「……否定しないんですか」

「何をだ」

「いや、結婚について」

西野は大真面目に言う。自分の言動を遡ってみると、確かに否定はしていない。

「……悪くはねぇが、巻き込めねぇよ」

惚れちまったんだと自覚したのは金谷の一件のあとからか。

それまで見せなかった入れ墨を見せても怯えるどころか触れられた。普通の女らしくビビッてくれれば、俺があいつにここまでの感情を抱くことはなかっただろう。ビビッてさえくれれば、ヤクザの俺自身が認められたような錯覚を味わうこともなかった。

あいつを一生俺だけのものにできるんなら、それも悪くない。

だが、沢木梢はただの一般人だ。

こいつからの電話を受けて出ていこうとしたときの、あいつの視線を思い出す。

熱に濡れた瞳が、縋るように俺を見上げていた。

途中でやめてしまった不満のせいだろうか。始めの頃からは考えられない。俺があいつを変えてしまった。

そして俺も、その視線を喜ばしく感じている。

「それに、いつか飽きる」

それは予感ではなく、願いだ。

あいつを変えてしまった。俺だけが知る淫らな梢に。

俺の一方的な満足だったものが、互いのものになっていることに気付いたのは最近のことだ。

俺にとって好都合であるはずなのに、なぜか芽生えたのは罪悪感だ。それは少しずつ大きくなり、今日の梢を見てようやく自覚する。

大事にしたいと思った。体のことを抜きにしても、一生そばにいてほしいと思った。

だが俺は、方法を知らない。体を重ねる以外に、それをどう伝えればいいのか知らなかった。

これ以上この関係を続ければ、互いに戻れなくなる。俺は元々こちら側の人間だから、大きくは変わらないだろう。だが、梢はどうなる。

……今ならまだ、間に合う。

「そのうちまた、お前に見繕ってもらうことになるかもな」

「え、笑えない冗談やめてくださいよ。冗談ですよね。本気で思ってないやつ……」

そのときだった。

パンと乾いた音がして、車が大きく揺れる。続いて助手席側の窓ガラスにヒビが入った。

「やられたの前輪か。とりあえずそこの広場まで走らせろ！」

「はいっ！」

待ち伏せされていたか。向こうも焦っているとはいえ、こんな市街地で仕掛けてくるとは。暗いからよく見えなかったが、少なくとも三人。堅気を巻き込むのはご法度ってのも、今は昔か。

「……梢」

あいつが危ない。

またいつ金谷のような奴に目を付けられるかもわからない。

金谷みたいに単なる興味で動くような奴ではなく、俺に対する悪意を持った人間の目には、梢はただの道具にしか映らないだろう。

こうして俺が直接狙われるんならいいが、あいつは非力な女だ。

だからといって四六時中部下を張り付かせて守らせるわけにもいかねぇ。俺の女だと主張するようなもんだ。それに身内の争いで誰が敵か味方かわからない以上、信用できる数少ない部下を私用には割けない。俺が守ればいい話かもしれねぇものの、さすがにそれは難しかった。

これが落ち着くまで、どこか俺しか知らない場所に閉じ込めておけば確実かもしれねぇが、俺が死なない保証はない上、確実にあいつに嫌がられる。

あいつに拒絶されたら、俺は死ねるな。

こんなことになるくらいなら、最初から監禁にしとけばよかった。拒む気力もなくなるくらい、俺だけを見るように、俺の手で壊す。

縋り付かれるのも、あいつになら悪くない。そうしとけば、安全な場所に閉じ込めておけたのに。

……といっても、これは後悔だ。巻き込みたくないなら、諦めなきゃならない。

「兄貴、武器は……」

「いらねぇ」

今の俺は頗る機嫌が悪い。

あいつを抱くのは次が最後になる。最後にしなきゃならない。

そういや、あれからたまにあいつと夕飯を食うことがあった。あいつの料理、美味かったなぁ。

……いや、こんなときに考えることじゃねぇか。

俺はパキッと腕を鳴らす。切り替えねぇとな。

5

肌と肌のぶつかり合う音がひたすら続いていた。

熊谷さんは今、膝立ちにさせた私を後ろから抱きかかえ、激しく腰を揺らしている。前に押さえつけられながら持ち上げられるような奇妙な感覚に、すっかり嗄れ果てた私の喉は掠れた音を立てた。

「か……んんっ！　は……」

突き上げるように貫きながら、熊谷さんはピンと張った胸の頂を指先で転がす。もう片方の手は私の秘部に伸ばされ、すっかり熟れて溶けた核に柔く爪を立てる。

あちこちを同時に犯されて、一箇所でも十分すぎるほどの刺激が私の中で混じり合った。

時折耳にかかる熱い吐息は私の頭を容易に融かし、刺激だけを敏感に、よりはっきりと感じさせる。

私の中は脈打つ熊谷さんのものの形を覚え、熱いそれをぴったりと包み込む。

まるで目で見ているみたいにその形を感じる。わずかに浮き出た血管の筋でさえも、擦れるだけでその存在が手に取るよりはっきりとわかった。

「締め付けすぎだ。お前の中は、勝手だな」

「ち、ちがっ……」

「何が違うんだ」

熊谷さんが私の中から剛直を引き抜く。そして代わりに指を根本まで差し込み、確かめるように壁をなぞりながらゆっくりと上下させる。その途中、私が一番感じる場所は指を曲げてじっくりと愛撫された。

零れ出した蜜がたらたらと太腿を伝って落ちていく。

「指入れただけでこれだ。めちゃくちゃ絡みついてくる」

そう言うと、熊谷さんは親指の爪を再び核に突き立てる。

悲鳴に近い声を上げた私の頭の中は真っ白に染まって、体は淫らに震えた。秘部からはまた蜜が溢れ出し、ぽたぽたと落ちてシーツに模様を描く。

ついに耐えられなくなった私は、意識を失いそうになりながらベッドに倒れ込む。

熊谷さんが支えようとしてくれたのは感じたけど、もう脚に力が入らなくてどうにもならなかった。

「だから体力つけろって言ったろ。そんなだからこんな感じやすいくせに、すぐへばるんだ」

呆れたみたいにそう言いながらも、その声は熱を帯び愉悦を隠せていない。

熊谷さんは私の体を仰向けに転がすと、私の尻を持ち上げてその下にクッションを敷いた。

腰が少し浮いて、上向きにされた秘部が空気に曝される。

ヒヤリとするその感覚さえも私にとっては十分すぎる刺激だ。下腹部が疼き、中を切なく締め付ける。

「気が早えぞ。まだ挿れてねぇだろ」

熊谷さんはそう言って露わになっている私の秘部にそっと息を吹きかけた。

熱い吐息が濡れたそこをなぞる。わずかに熱を感じた刹那、ヒヤリとした感覚だけが残った。

ぞわぞわして、切なくて、もどかしい。

「み、見ないで……」

息を吹きかけられるだけでみっともなく蜜を滴らせ、ひくひく痙攣する。その様をこんな見世物みたいにして曝されていることが、たまらなく恥ずかしかった。

まるで私の欲を全てさらけだしているようだ。それを見られたことでどういうわけか疼きを増す自分の体が信じられなくて、私は必死に脚を閉じようとした。

「今さら何言ってんだ」

熊谷さんはなけなしの力を振り絞る私を笑い、その動きをやんわりと制止する。もう少し力を込めれば抵抗できる、そんな強さ。

彼は焦らすようにゆったりと腰を揺らす。

その灼熱の先端が触れるだけで、そのあとに訪れるであろう快楽を勝手に予感した私の中は、歓喜に震えた。

そして先端だけが私の中に呑み込まれる。

しかしそれはすぐに入り口に戻った。怖いくらい優しくそこで前後するのみだ。

「ん……あっ……」

弄ばれているような動き。

激しく何かを求めている私の中は、もどかしさのあまり、せめて一番感じる場所にそれを当てようとする。けれど、捕まえたと思った魚がするりと手の間を抜けるみたいに、望んでいた快楽は逃げていく。

「欲しがれ」

「ど、どうして……」

今まで、こんなことなかった。

これまで何度も体を重ねてきたけど、熊谷さんは私の言葉なんてお構いなしに体を犯してきた。こうして体以外の何かを露骨に求めたのは初めてだ。

「こんなに濡らしていらねぇとは言わせねぇ。最後くらい、お前から言ってみろ」

……そうか、最後だからか。

最後だから、もうこの人から求めることはないって、そういうことなんだろうか。

あなたが欲しい。

勇気が出せなくて言えなかった言葉。そして今後一生伝えることなんてできないと思っていた言葉を、伝えられる？

きっと私の求める意味と、熊谷さんの求める意味は違う。それでも、形は違っても私の思う言葉を伝えたい。

「ほしい、です」

私は自分でも驚くくらいに涙が止まらない瞳を熊谷さんに向けた。

伝えたい言葉を伝えているのに、熊谷さんの顔が、反応が、よく見えないや……

「熊谷さんを、私にください」

‡　‡　‡

――翌朝目を覚ました私がまずしたことは、自分の体を洗うことだった。

全身に残る熊谷さんの感触、匂い、熱を全て洗い流すと、自分でも驚くくらい頭が冴えて冷静になれる。

昨日、全てが終わった時点で熊谷さんは部屋を出ていった。追いかけてその腕に縋(すが)り付(つ)きたかったけど、あちら側の世界に踏み込む勇気の出なかった私は、未練がましくその後ろ姿を見送ることしかできなかったのだ。

振り向いてもくれなかったな。私は本当に飽きられてしまったらしい。こうしていても仕方ない。とりあえず、ここを離れる用意をしよう。

前に住んでいたところは引き払っちゃったから、まずアパート探さなきゃ。まあしばらくはビジネスホテルにでも泊まろう。

これまで貰った分は全く手を付けていないから、お金には余裕がある。

荷物は段ボールにまとめて……前に引っ越したときのやつ残しといて良かった。

いちおう人様の部屋っていう認識があったおかげで散らかしてはいなかったため、思ったより早くその作業は終わる。他のことを考えたくなかったっていうのもあって、集中できたし。

あとは荷物を預かってもらう業者さんに連絡……って、あれ？

ふいにぽたりと段ボールの上に雫(しずく)が落ちた。それはじわりと広がって段ボールに暗いシミを作る。

もう一滴。同じように今度は手の甲に零(こぼ)れ落ちる。

……泣くな、私。

こんなに頭の中が真っ白なのに、どうして涙が出るんだろう。

大切なものを失くしてしまった悲しさと、諦めに似た虚しさが胸の中に広がっていく。

体だけの関係だったはずなのに、私だけが割り切れていない。心の伴わない行為なんて虚しいだけ、……本当にそうだろうか。

熊谷さんは、優しかった。

確かに行為中は自分本位なところがあるけど、それも結局、私の気持ちを高めていたし、自分が満足したからって放置されることもなかった。少なくとも私が寝るまでは、その温もりに包まれていたと思う。疲れすぎてて記憶は曖昧だけど。

思えばこの頃、夕ごはんも朝ごはんも一緒に食べることが増えた。

それも含めて、充足感を感じていたんだよね。きっと。

もうあの熱を感じられないことが寂しいのは事実だ。

単に気持ちよさだけなら、気が乗らないけど男を探せばいい……

「って、いやいや、だめでしょそれは」

そんなことをしても解決にはならないことくらいわかっている。

もしかすると、これから恋人とかができるかもしれない。あるいは一生独り身で暮らす……うう、それもそれで辛い。

もう何も考えたくないのに、思考だけはどうしようもなく勝手に動いてしまう。気付けば作業の手は止まり、私は昨晩の行為を思い出していた。

色々と洗い流してすっきりしたとはいえ、下腹部にはまだ鈍痛が残っている。最後だったからか、熊谷さんはいつになく激しく私を抱いた。私も最後だから全部受け止めようとしたのに、彼は容赦なく私の弱いところを攻めて、かと思えばじっくりと焦らし、それは私の意識がほとんどなくなっても続いたのだ。

結局寝たの何時だったんだろう。

途中、水を飲ませてもらったときに見た時計は、十二時を回っていた気がする。

……熊谷さんとの記憶はほとんどが体を重ねているときのものばかり。やっぱりこれは、好きとかそういうのじゃなくて執着なのかな。ない状態が考えられなくて、欲しくてたまらない。

熊谷さんのこと、もう変態とか言えないなぁ。

けど、受け入れるしかないんだ。私は変わってしまったけれど、元の暮らしに戻らなければいけない。

いつかこれが思い出に変わる頃にまた会えたなら、違う関係を築くことができるだろうか。

‡　‡　‡

「飲みすぎたって、何してんの」

あれから数日後。出社すると、呆れた顔の相田さんが私のデスクにお茶を置いてくれた。

「──うう……」

「ありがとう……頭痛い」

「そんなになるまで飲むってどうしたの。しかも日曜の夜に」

「社会人失格なのはわかってるよ……仕事頑張るから許して」

頭が痛くても、社会人として給料貰ってる分はちゃんと仕事しないと。幸いなことに今日は会議とかめんどくさそうなことはない。

「気を付けなよ。最近この辺なんか物騒だから。ほら、どっかのヤクザ同士が揉めてるとかで、ちょうど近所で暴行事件あったんだよね。まあ、取っ組み合いの喧嘩だかで大したことなかったみたいだけど」

「ヤ、ヤクザ？」

「私も詳しくは知らないよ。まあ、沢木さんみたいに可愛い子がそんな二日酔い状態でフラフラしてたら危ないよ、って」

じゃあ仕事あるから、と言って相田さんは自分のデスクに戻っていった。

彼女が置いてくれたお茶を手に取って、ふよふよと漂うお茶っ葉を眺める。突然、胸を叩かれたみたいに早鐘を打ち始めた心臓を落ち着かせるために、一息にそれを飲み干した。

ヤクザ同士が揉めているって、前に熊谷さんがちょっとだけ口を滑らせた内輪揉めのことだろうか。彼はそういうのをぶっ飛ばすって言ってたよね。

もし何かあったら、どうしよう。

ふと、熊谷さんと初めて会った日のことを思い出した。

私が嫌がって顔を上げたとき、私の頭が彼の顔にぶつかって、熊谷さんの唇が切れたことがある。そのときの光景を、私は鮮明に覚えている。あのとき思ったんだ、この人には血が似合うって。

そういう人なんだ。熊谷さんは。私がどうこう思ったところでどうにもならないし、何もできない。

私は自分の頬を叩く。

今私がいるのは仕事場で、ここが私の居場所だ。

それを痛みではっきりとさせる。

お茶のおかげか、少し頭がすっきりした。今はとにかく仕事を終わらせよう。考えるのはそれからだ。

数日後。私は神木組の事務所とやらの前にいた。前といっても道を挟んで反対側、それとなく立ち止まってスマホを見ているふりをしている。

自分でもどうしてこんなことをしているのかわからない。ここにいたら、もしかすると熊谷さんにまた会えるかもしれないという淡い期待を抱いているんだろうか。

とりあえず顔を上げて外観を見てみた。

ヤクザの事務所っていうくらいだから何か、こう……いかにもそれっぽい感じにでかでかと名前を出したり看板派手だったりをちょっと想像して身構えていたのに、思っていた以上に普通だ。パッと見た感じ、ただのビル。五階建ての茶色い建物で、わりと新しいのか、見た目は小綺麗な事務所だった。

地図アプリで確かめながら来なかったら普通に通り過ぎてしまいそうな見た目。

まあ冷静に考えてみたらそうか。派手にしてても意味がない。どっちかと言うと隠れているほうが多いよね。ここも神木組の事務所のうちの一つってだけで、他にも何箇所かあるみたいだし。

私がここを選んだのは、単に一番近かっただけだ。

へぇと思いながら事務所を見る。淡い期待より純粋な好奇心が勝って窓の辺りも見てしまう。まあ、ブラインドで中は全く見えないけど。

「……あれ、あんた、兄貴の」

ぼんやりとビルの看板を見ていると、後ろからやってきた男に声をかけられた。

勘違いして私を連れて行ったチンピラの一人だ。

「何してるんですかこんなところで。兄貴に何か用ですか」

怪訝(けげん)そうに男が言う。

そうだ、この男は熊谷さんと私の関係が終わったことを知っていてもおかしくない。

そんな私が来ていたら怪しみますよね。

なんでこんなことに頭が回らなかったんだろう。

「た、たまたま近くを通ったので、ヤクザさんの事務所ってどんな風なのかなって気になって……」

我ながら苦しい言い訳だ。けど、これ以外に言い訳が思い浮かばない。立ち止まってガン見していたわけだし、ただの通りすがりとは言えなかった。

「ああ、そういうことですか。見ての通り普通のビルですよ」

「そうですね」

「目立っちゃまずいでしょう。で、なんの用ですか。兄貴ならここにはいませんよ」

「いないんですか」

言ってすぐにしまったと思う。そんな風に言ったら、用があるみたいだ。

「違いますよ？　別に用はないですから！　ふと気になって来てみただけです」

「……なんでもいいですけど、堅気のねえちゃんが来るようなとこじゃありませんよ。興味本位ならすぐ帰ったほうがいいです。ただでさえピリピリしてるんですから」

「す、すみません。好奇心は満たせたので帰ります」

「好奇心って……」

若干呆れたように男が言う。そりゃあまあ呆れもするか。

突然だったけど、この男の人に見つかったせいか、かえって落ち着いた。

よく考えなくても女一人で好奇心に任せて来る場所じゃなかったですね。

「念のため、駅の近くまでは送ります。後ろからついていきますが気にしないでください」

「大丈夫です。何もありませんでしたし、ちょっと歩けば大きな通りに出るので」

熊谷さんの女でもない私にそこまでする価値はない。来たのは私が勝手にしたことだ。

それに、ここに来るまでヤクザらしき人は見ていない。夕方とはいえまだ明るいし、少し遠くには仕事帰りらしきサラリーマンの姿もある。

「なんと言おうが勝手にさせてもらうので気にしないでください……にしても、意外でしたね」

「何がです？」

「兄貴が一人にハマるって初めてだったんで、逆にもっと長くなるかと。いや、これは俺の勝手な要望だったんですけどね、飽きたって言われて、これからまた毎回別の女探さなきゃいけないんですよ」

「……お疲れ様です」

あのペースで、毎回違う人を探さなきゃいけないのか。確かにそれは大変そう。

私は少し前までの日々を思い返す。

平均したら週に二回は必ず来てたもんなぁ。しかも私の場合は本人曰く手加減したつもりらしい。女の人も大変だ。

それにしても、やっぱり飽きられていたのか。まあそれまで毎回違う女の人を抱いていた人だ。同じでは飽きるよね。

不思議と飽きられたことについては動揺せずに聞くことができた。心も少しは整理ができたらしい。ここに来る前よりも気分が落ち着いている。

「ああ、そろそろ面倒なのが出てくるので行ってください」

踏ん切りをつけられたかといえばそうでもないけど、納得せざるを得なかった。

「面倒？」

「ピリピリしてるって言ったでしょう。ちょっと内輪で揉めてるんです」

話しているうちに、それまで暗かった事務所の玄関の明かりがつく。確かに誰かが出てくるっぽい。

向こうの通りから、いかにもな黒い車がこちらに向かってくる。

「お手数おかけしました」

「……色々と、気をつけてくださいね」

色々？　まあ、気をつけるべきことは色々あるか。そろそろ新しいアパートを決めないといけないし、仕事も繁忙期に入る。

私は男に軽く頭を下げてそこを離れた。

6

新しいアパートに越してきて、三ヶ月が過ぎた。

最初の頃は熊谷さんを思い出しては自分を慰めていたけれど、それも徐々に減ってきて、今ではもうすっかり落ち着いている。

寂しいのだとは思う。

けれど、恋人を作ったりする気にもなれず、仕事に没頭して目を向けないようにする。

でも、仕事だけというのはつまらない。

何か新しい趣味でも始めようかとベッドに転がりながらスマホを弄る。だんだん眠くなってきて、明日も仕事だしそろそろ寝ようかなと枕に顔を埋めていたときだった。

突然チャイムが鳴って、私はハッと顔を上げる。

もう十時を回っている。こんな時間に誰がなんの用だろう。

とりあえずドアスコープを覗き込むと、視線に気付いたのか扉の前に立っていた男が私のほうを見た。

どこかで知り合った覚えすらない人相の悪い男が二人。

あの、部屋間違えてるんじゃないですか？

……それとも、熊谷さんの関係者だろうか。

もし明らかに堅気じゃないこの人たちが私に用があるとしたら、それ以外に考えられなかった。けど、私と熊谷さんの関係は終わったはずだ。三ヶ月前にもう飽きたのだと言われてから一度も会っていない。

「いるんですよね。沢木さん」

ビクッと私の肩が震える。部屋違いじゃない。

私はチェーンロックをかけたまま扉の鍵を開けて、恐る恐る扉を開ける。

人相の悪い二人組が、ドアスコープ越しに見えたままの薄笑いを浮かべながら立っていた。

「こんな時間にすみません。熊谷の兄貴のことでお話があるんですよ」

そう言って一人がにこにこと愛想笑いを浮かべる。

久しぶりに聞いた熊谷さんの名前に、私の胸がグッと締め付けられた。

けど、もう終わっているんだ。飽きたと言われたんだし、そもそも体だけの関係。三ヶ月も経った今、何を言われても関係ない。

それにこの人たちが熊谷さんの関係者であることは間違いないけど、私にとって害になる人である可能性もある。

「ええと、よく存じあげないのですが」

実際、私は熊谷さんのことをよく知らない。知らない、無関係な人間を装(よそお)ってここはやり過ごそう。

あんまりしつこかったら警察を呼べばいい。スマホはポケットの中にある。

「隠す必要ありませんって。第一、本当に兄貴のことをご存じなかったら、鍵開けるより先に通報してるでしょう。それに別れたすぐ後に、事務所の前にいましたよね」

「……見てたんですか」

私の言葉を笑顔で流すと、お話がしたいんですよ、と男が言った。

確かにこんなアパートの玄関先で明らかにガラの悪い男としゃべっているのを他の人

に見られたら、どう思われるかわからない。

　でも、扉を開けてしまうのはさすがに憚られる。

「場所を変えますか。話だけならその辺のファミレスでもできます。わざわざ事務所の前まで来たくらいなんですから、気になるんじゃありませんか？」

　悩む私に畳み掛けるように、もう一人の男が口を開く。

「何か聞きだそうだなんて思ってませんよ。ただ、お伝えしたいことがいくつかあるんです」

「……伝えたいこと、ですか」

　もう一人の男は神妙な面持ちで頷いた。

「兄貴、内輪揉めしてる事務所に突っ込んでって怪我したんですよ」

「え……？」

　熊谷さんが怪我？

　その言葉に思わずチェーンロックに手がかかった。けど、何かがおかしい気がして、途中で手を止める。

「だからって、どうして私にそれを伝えるんですか」

「沢木さん、熊谷の兄貴の女ですよね。いつも違う女を取っ替え引っ替えしてる兄貴が一人の女に夢中になってるって、組の中じゃ有名ですよ。噂じゃ闇金の金谷社長もあなたに惚れたとか」

「それは……何ヶ月も前の話です。もう関係ありません」

知っている人が怪我をしたと聞かされれば、少なくとも心配はする。でも、熊谷さんに関しては私が心配したところでなんにもならない。

「……こうもばっさり言われると、さすがに兄貴が可哀想になってきた。なかなか強情ですね、沢木さん」

「え……？」

唐突に男の声のトーンが変わる。取引先と交渉しているみたいなそれまでの感じから、呆れているような低い声音に。表情もいつの間にか笑みが消えていた。

まずい。咄嗟に扉を閉めようとドアノブを引いたのに、図々しく割り込んできた革靴に止められた。無理やりにでも閉じようとさらに強く引いても、男の手が扉の縁にかかり引っ張られる。

怖い。でも、チェーンロックはかかっているから、しばらくは大丈夫だ。熊谷さんとのことを追及されてもいい。警察に通報しなきゃ。

私は扉から手を離してポケットに入れていたスマホを手に取った。

ええと、警察は一一〇番だ。

ダイヤルの一を押す私の手は震えている。とにかく落ち着いて押そう。最後は……

バチッと、太く硬い何かが切断される音が聞こえた。そしてスマホを持っていた腕を思い切り掴まれる。スマホがコンクリートの床に落ちた。

慌てて拾おうとしているうちに掴まれた腕を引かれて、そのまま玄関の壁に押し付けられる。

「関係ないって思ってるのはあんたのほうだけ、ってことですよ」

男はその人相の悪い顔に似合う黒い笑みを浮かべて、掴んでいる私の腕を捻り上げた。

痛いと叫ぼうとした口は別の男に塞がれる。

「兄貴も報われねぇな。守るために飽きたフリまでして手放したのに、結局他の男に犯されんだから」

嘲笑を含んだ男の声。同時にバチリと不穏な音がすぐ近くで聞こえた。

次の瞬間、首に痛みが走って全身が一瞬痺れる。くたりと力が抜けて、私は自分の体が誰かに抱き止められるのを感じた。

倒れる瞬間、スタンガンを使った男の顔が見える。玄関の前にいた男二人とは違う。その男の足元にはハサミのオバケみたいなものが落ちていた。あれで、チェーンロックを切ったんだ。

抵抗しようにも手足が静電気でも帯びてるみたいにピリピリ痺れて動かせない。なんとか声は出せそうだけど、それがわかっているからか、猿ぐつわをかまされてしまった。

「あの兄貴とヤりまくれるくらいだから尻軽かと思ってたが、意外とガード固い女だったな。まあ、こっちはこっちで予定通りだ」

よくスタンガンで気絶するシーンを見るけど、どうやらあれはフィクションの話だったらしい。スタンガンを当てられた瞬間は頭の中が文字通り真っ白になったものの、少しずつ思考ができるようになってきた。

でも身動きが全く取れない。

もしかすると隣の部屋の人がさっきの音で出てきてくれるんじゃないかと淡く期待したが、反応はないままだ。ちらっと見えた郵便受けには夕刊らしきものが挟まっている。

「残念だったな、隣の奴ならちょうど留守だ」

男が人の悪い笑みを浮かべて私を見下ろす。そのまま私の顔をしばらく見た後、私を抱えて土足で部屋に上がった。

「ど、どうした？　その女、車に乗せるんだろ」

男の仲間二人は怪訝そうに後に続く。猛烈に嫌な予感がした。

「その前に、味見したくねぇか？　あの熊谷の兄貴がハマった女だぞ」

「車の中でヤりゃあいいじゃねぇか。それか着いてからでもいいだろ」

「車ん中は場所がねぇし、そもそも運転手、俺じゃねぇか。それに着いてからじゃ金谷さんに先に取られるだろ。あの人深谷の親父のお気に入りで、この女のことも狙ってたんだろ」

どうしてここで金谷さんの名前が？

この状況は金谷さんのせいってことなの？　確かに金谷さんならこんな計画でも立てかねないけど……

私の反応に、男は唇の端を上げてにやりと笑う。

「まあ、あんたの住所を知ってたのはあの人だぜ」

そう言いながら私の胸を掴んだ。握るようにされたそれを見せつけるように二人に曝し、空いている手で私のパジャマのボタンを外す。

男二人が唾を呑んだ喉の動きを、私は見てしまった。

「事務所で今、あんたの撮影会の準備中だ。本番前にリハーサルしてやるよ。親父には俺らが来る前に男連れ込んでたって説明すりゃあいい」

男は蛇のようにチロリと舌を出して唇を舐めると、私をベッドに放り込んで上に覆い被さった。

口以外は自由に動くはずなのに、体に残る痺れが邪魔をして指先にすら力が入らない。

「マジでやる気か？」

「どうせまだしばらくは動けねぇだろ。切れてきたらまた一発食らわせりゃいい。知ってるか？　挿れたまま食らわせるとめちゃくちゃ締まるらしいぜ」

バチリと嫌な音がした。

男は私にスタンガンを見せ、その力を知らしめるように軽く私の腕に当てる。

熱く焼けた針で刺されたみたいな痛みと痺れが腕全体を支配して、私は悲鳴を上げた。

けれどそのほとんどが猿ぐつわに邪魔されて散っていく。

「散々熊谷の兄貴に奉仕したんだろ？　今さら恥ずかしがるなよ」

パジャマのボタンは全て外されて、ズボンも脱がされた。完全な下着姿が、男三人の前に曝される。

下卑た視線が気持ち悪い。

男の言った通り、私は散々熊谷さんと体を重ねてきた。でも、こんなに気持ち悪いと感じたことはなかったし、悔しくて泣きそうになることもなかった。

拒絶したくて首を振っても、男の手は緩まない。ブラジャーのホックを外して上に持ち上げる。

「さっきも思ったが、全然デカくねぇな。こんなんでどうやってあの兄貴を満足させたんだ？」

そう言うなり男は両手で私の胸を鷲掴み、貪るように先端を口に含んだ。そのあまりに生々しい感覚は恐怖でしかなく、目の端から涙が勝手に零れ落ちる。

「見ろよ、すぐ勃ったぜ。感度よすぎだろ」

男は先端をつまむと無理やり引っ張った。

こんなのただ痛いだけで、気持ちよくなんてない。感度だって、あんたらのために上がったんじゃない！　感じてるからって気持ちいいわけがない！

大事にしていたものを土足で踏みにじられた悔しさと怒りで顔から火が出そうなのに、肝心の体が言うことをきかなかった。

「ってか小さいくせに柔けぇな。兄貴にどんだけ揉まれたんだよ」

生暖かい息が肌にかかり、気持ち悪すぎて全身に鳥肌が立った。

「こりゃ下も楽しみだ。胸とおんなじくらい緩いのか？　なぁ？」

小馬鹿にするように男は言う。それが合図だったかのように、他の男の片方が私の脚を掴んで広げた。そしてショーツの間から二人の指先が入り込んで、私はついに吐きそうになる。

こんなにも嫌なのに、その侵入を容易に許してしまう自分の体が憎い。もし憎しみで人が殺せるのなら、私はきっとこいつらを殺してから自分を殺す。

「ヤバいなこれ。すぐ二本イったぞ」

その動きは、得体の知れない虫が這い回っているようだった。

同じようなことは熊谷さんに散々やられてきたのに、違う人がするだけでどうしてこうも違うのだろう。

熊谷さんにされたのなら、頭が変になるくらいに気持ちがいいのに。

けど、現実は違う。

生々しい、下手糞な手つき。気持ちが悪くて変になりそうだ。

「ヤベェな……」

男の一人が手を止めてベルトを外そうと動いた、そのときだった。

ドガッと大きな鈍い音がして、続けざまに同じ音がより強く、静かな部屋に響く。

徐々に音は大きくなり、ついに何かがひしゃげ飛ぶ音と共に、大きくて重いものが倒れてきて、ベッドが僅かに揺れた。

倒れたものが玄関の扉だと気付いたのは、荒々しい足音と共に現れた熊谷さんの姿を見てからだ。

彼はベッドの上で押し倒されている私を見るなり表情を凍らせる。そして手にしていた拳銃で、私に馬乗りになっていた男の肩を撃ち抜いた。その血飛沫が降りかかり、私は咄嗟に目を閉じる。腕を掴む力は弱くなった。

私が目を閉じている間に続いて二発の銃声が響いて、呻き声と人が倒れる音がする。

ようやく動かせるようになった手で目を擦った。目を開けて真っ先に見えたのは、赤く染まった手の甲だ。

「ど、どうしてバレたんだ」

私の上に乗っている男は驚愕に目を見開き、肩を押さえながら呟いた。

「……お前らがこいつのことを探ってんのには気付いていた。言っとくが、お前らの事務所はもう跡形もねぇ。とっとと梢から離れろ！」

次の瞬間、男の体が浮いて壁際に吹き飛んだ。私の真上には熊谷さんの拳がある。男は熊谷さんに殴り飛ばされたんだ。

男が吹き飛ぶ瞬間、私は生まれて初めて人の骨が折れる音を聞いた。

熊谷さんに抱き起こされて周りを見ると、男二人がそれぞれ脇腹と脚から血を流して床にうずくまっているのが目に入る。思わず目を逸らそうとした刹那、熊谷さんが私を思い切り抱き締めた。

「……もう少し早けりゃ、間に合ったってのに」

無理やり絞り出したような声だ。強く抱き締められているせいで周りは全く見えないから、熊谷さんがどんな顔をしているのかわからない。

熊谷さんが私の猿ぐつわを外してくれてようやく、好きなだけ息を吸うことができた。

私は力の入らない腕を熊谷さんの腰に回す。

三ヶ月ぶりの再会は血の匂いがした。

「思わず撃っちまったから、近所の奴が通報するだろう。逃げるぞ」

「で、でも熊谷さん怪我してるんじゃ……」

「は？　怪我？　するわけねぇだろ」

頭の中がごちゃごちゃになっている私を見かねたのか、熊谷さんはベッドシーツで私を包んで抱き上げる。そして、棚に置いてあった私の鞄を引っ掴んで足早に外に向かった。

そんな風に玄関を出たところで、私は思い出した。

「ス、スマホ……」

「やっぱりあれお前のか。拾ったから安心しろ」

熊谷さんは私を抱き上げたままアパートの階段を駆け下りる。すぐ近くに停まっていた車の後ろの座席に私と鞄を突っ込むと、自分は運転席に座った。

「何も見るな。寝てろ」

そんな言葉と共にエンジンがかかり、車が勢いよく走り出す。

遠くのほうからパトカーのサイレンが聞こえてくる。けれど車の中は静かで、エンジンの音だけが響いていた。

しばらくして、車は大通りに出る。この時間でもそれなりに車が走っていて、熊谷さんはそこでようやく落ち着いたように長く息を吐く。

「……あいつらは神木組の二次団体、下仁田組と深谷組の構成員だ。特に深谷のほうは最近ウチの事業にあれこれ口出ししてきてな、ついに親父に手を出して解体直前までできてたんだよ。それが、先月の話だ」

「私に、話してくれるんですか？」

「もう無関係とは言えねぇからな。本当はお前を巻き込みたくはなかったし、巻き込むつもりもなかった。だからお前とはもう会わねぇって決めたってのに深谷のジジィ、お前を餌に俺を脅しやがった」

熊谷さんは苦々しげにそう言うと、ちらりと私を見た。

「巻き込んで悪かった。今さら俺にお前をどうこうする資格はねぇ。逃げてはきたが、お前が望むなら警察の前で降ろす。ヤクザに狙われてるって話せば保護してもらえるはずだ」

「でも、そんなことしたら……」

熊谷さんが捕まってしまう。

私を助けるためとはいえ、彼は拳銃で人を撃った。それに、熊谷さんみたいな人は元々警察にマークされているんだろう。私が全てを話してしまえばすぐにでも動く。

「お前を巻き込んだ罰だ。それにお前、恨んでるだろ。やるだけやって放り出したんだから」

「う、恨んでなんかいません！　恨むわけ、ないじゃないですか！　……怒っては、いますけど」

私はムキになって言い返していた。

すると熊谷さんは、鳩が豆鉄砲食らったようなという表現の、まさにそんな顔になる。

「もちろん最初は滅茶苦茶怖かったですよ？　二回目のお呼び出しのときだって怖かった！　いきなり監禁とか言われて脅されて、正直何言ってるんだって思いました！　でも、私だって途中から気付いていたんです。もう熊谷さん以外の人とはできない、したくないって」

気がつくと、私は泣いていた。

全てを曝け出してしまいたかった。認めてしまった自分を許したかった。そして、この人に求められたかった。

「いつか後悔するぞ」

「しませんよ」

もう、買われた女でいるのは嫌だ。

お金を理由に自分を誤魔化すのはやめよう。お金はいらないって、途中からわかっていたのに。

「梢」

しばらくの沈黙のあと、唐突に名前を呼ばれる。

信号待ちで止まっている車の中はとても静かで、まるで時間が止まったみたいだ。

熊谷さんが振り向いて私を見ている。

「お前は……」

何か言われた。けれど囁(ささや)くようなそれはよく聞こえなくて、少し体を起こして熊谷さんのほうへ顔を近付ける。

すると伸びてきた腕が私の首の後ろに回されて、ぐいっと抱き寄せられた。その勢いのままお互いの唇がぶつかる。

一瞬何が起こったのかわからず、咄嗟(とっさ)に私は首を曲げて唇を離す。けれど再び腕に力が込められて、次は押さえ付けられるように口付けをされた。

このまま食べられるんじゃないかってくらいに激しく貪(むさぼ)るようなそれは、信号が青になり前の車が進み始めるまで続く。

「な……なんで……」

僅(わず)かに痺(しび)れて熱を持つ唇が、今起こったことが夢じゃないと言っている。けれど熊谷さんは何事もなかったように車を走らせた。

どう反応すればいいのかわからない。

これまで一度も、熊谷さんが私にキスをしてきたことはなかった。私は、きっとそういうつもりはないから、そもそも熊谷さんにとっては必要ない行為だから、されないものだと思っていたのだ。

熊谷さんは何も言わない。

車はそのまま走り続けて、目の前に大きなマンションが見えてくる。

「着いたら色々聞かせてもらう。覚悟しとけ」

か、覚悟……？

それだけ言って再び熊谷さんは口を閉ざす。その表情からは何も読み取ることができなかった。

7

距離を置くことが最良だと信じていた。

だから深谷のクソジジィの口からあいつの名前が出たとき、背筋が凍った。

とりあえずジジィは半殺しにして俺は急いで梢が住んでいるアパートに向かう。

ハンドルを握る手が震えていた。

結局、俺はあいつを巻き込んだ。一番巻き込みたくなかった梢を。

正直なところ油断はあった。この三ヶ月の間、梢との関係を表面上は完全に切ったつもりでいた。周りの奴らは俺がすっかり梢のことを忘れた、と思っているはずだ。

『――最近お前に買われたという女から話を聞いた。ああ、彼女のことを責めてやるなよ？　ちゃんと始めはお前に抱かれたと、そう話した。だがほんの少し強引に尋ねてみたら、本当は金だけ渡されて指一本触れられなかったと可愛く啼きながら話してくれたよ……寝返れ熊谷。そうすれば例の沢木とかいう女には手を出さん。いくら女好きのお前でも、惚れた女が犯されるのを見て勃ちはしねぇだろ？』

部下に囲まれ、自分は安全な場所にいると勘違いしていたのか、クソジジィは確かにそう言った。そのあとのことは正直よく覚えていない。

気付けば足元で黒服が呻いていて、俺はジジィの首根っこを引っ掴んでその顔面をぶち壊す寸前だった。さすがに殺すのはまずいと西野たちが止めなかったら、やばかったな。

後始末は西野たちに任せてきた。神木の親父が一人で勝手にやらかした俺の処遇をどうするのかは、今はどうでもいい。とにかくあいつを安全な場所に避難させなければ。

急いでいる時に限って信号で止められる。さすがに大通りを突っ切るわけにもいかず無意識のうちに俺は指先でハンドルを叩いていた。

ふいに助手席に置いていたスマホが鳴る。誰だこんなときに。

画面に表示された名前を見て、俺はその画面を叩き割りたい衝動にかられる。だが無視もできず、通話ボタンを押す。

『あ、出てくれた。よかったー、嫌われたかと思ったよ』

「お前のことは元から嫌いだ。それにお前だろ、梢を売ったのは」

金谷、こいつはもともと深谷のジジィのところにいた男だ。人間的にどうかとは思うが、闇金ビジネスに関しての実力は確かで、神木組が引き抜いた。こいつなら梢のことも、俺が未だにあいつに執着していることも、知っているだろう。

画面の向こうで、あの見た目だけはいい顔で笑っている様子が目に浮かぶ。

「目的はなんだ。金にも地位にも、お前は興味がないはずだ」

『さすが熊谷サン、俺のことよくわかってるねー』

「誤魔化すな。梢か？　この三ヶ月、俺があいつを手放していた間に手を出さなかったのは、このためか？」

俺を深谷のジジィのところに引き込むために、ジジィの計画を邪魔させないために、梢を人質に取る。そのために待ったのか？

『梢チャンのことは気に入ってるよ。俺に対していい態度とってくれるし、料理も上手で薬も盛らない。でも、今の梢チャンにはあんまり惹かれないんだよね』

「どういう意味だ」

『だって梢チャン、熊谷サンに捨てられたって思ってるでしょ？　そんな子奪ったって、意味ないよ』

……何を言ってるんだこいつは。

こいつは梢を欲しがっていた。表面上、俺は梢を捨てている。その間になぜ梢に近付かなかったのか。その理由になっていない。

『俺は熊谷サンと梢チャンにまたくっついてほしいわけ。その上で最終的に梢チャンが欲しい』

「だから何が言いたいんだ」

『まあ、原因は俺ってことかな』

「殺す」

反射的に出た言葉だった。金谷はそれを聞いて楽しそうに笑う。

『怖いなぁ。でも、それが聞きたかったんだよね。じゃあ梢チャンによろしく』

そう言って金谷は一方的に電話を切った。

「おい、金谷っ！」

まだ聞きたいことがある。直線の道を走りながら履歴から電話をかけた。

だが呼び出し音が鳴り続けるばかりで、金谷が出ることはない。

「くそっ」

俺はスマホを助手席に叩き付けハンドルを握り直す。

ジジィの話だと、既にジジィの部下が梢の居場所を特定して向かっているらしい。おそらく俺が深谷組の事務所を半壊させたことは、そいつらにはまだ伝わっていないだろう。伝えられそうな奴は床で伸びている。

悪意を持った野郎が梢の体に触れる。考えるだけで吐き気がした。

金谷の目的は全くわからないが、とにかく今は梢のところに向かうしかない。

ようやく梢の住むアパートに着いたとき、明らかに住民のものではない車が停まっているのを見た俺は絶望した。

一足遅かった。俺があんなジジィを入念に殴っていなければ……、そんな後悔ももはや遅い。

閉じられていたドアを蹴破り目にしたのは、見知らぬ男三人に襲われている梢の姿だ。

怒りのあまり一瞬視界が赤く染まった気がした。

そして気付けば梢の上に乗っている男の肩を撃ち抜き、続いて他の男たちの脇腹と急所——ではなく太腿（ふともも）を撃っていた。肩を撃ち抜かれて焦る男に自分でもよくわからないまま何かを言って、そいつを殴り飛ばす。

男が伸びている間に梢を起こし、その震えている体を抱き締めた。

「もう少し早けりゃ、間に合ったってのに」

今さら後悔しても仕方がないことくらいわかっている。見た感じ未遂（みすい）とはいえ、ほんの少しでも早ければ、梢の体に触れさせやしなかった。

首筋にある赤く腫れた二つの点、脇に転がるスタンガンでやられたものだろう。

俺のせいで怖い思いをさせて、傷つけた。自分自身が許せない。

だが今はまだ後悔している場合じゃない。今すぐにここを離れなければ、違う意味で危険だ。

猿ぐつわを外して最低限必要そうなものだけ引っ掴み、梢を抱き上げて車に向かう。

ようやく落ち着いたのは、大通りに出てからだ。それなりに車も走っているここで、何か仕掛けられることはないだろう。

俺は梢に全てを話すことにする。梢は驚きながらも、俺の話を聞いていた。

「お前を巻き込んだ罰だ。それにお前、恨んでるだろ。やるだけやって放り出したんだから」

もとはといえば俺のせいだ。それが最善だと思ったからという勝手な判断と都合で、俺は梢を捨てた。

こんなことになるんなら、捕まえとけばよかった。それか、出会わなけりゃ。

非難される覚悟はできている。それで少しでも梢の気が楽になるなら、どんな罵詈雑言でも受けるつもりだ。

それなのに、あいつは恨んでいないと言う。

……怒っているんだと、そう言った。

「いつか、後悔するぞ」

こんな男がいいなんて言うな。初対面のお前に、俺は取り返しのつかないことをしてお前を変えちまったのに、性懲りもなくお前を抱くような男だ。また、同じことが起きないとも限らないってのに。

「……しませんよ」

それは、覚悟を決めた顔だった。

俺はその表情を、とても綺麗だと思う。

この時点で、俺はもう決めていた。絶対に手放したくない、手放さないと。

「梢」

自然と声が漏れる。信号待ちで止まっている車の中は奇妙なくらい静かだ。

「お前は……」

俺を許してくれるんだな。

喉元に熱い何かが迫り上がってくる感覚があった。そのせいで声が掠れて言葉にならない。

聞こえなかったんだろう。梢は体をこちらに傾けて顔を近づける。

その小さく柔らかそうな唇がたまらなく愛おしくて、気付けば俺は梢の首の後ろに腕を回して、その唇を奪っていた。キスをしたいと思ったというより、本能的にそうしていたのだ。自分でも止められないそれは、信じられないくらい甘く俺を満たす。

ようやく我に返って唇を離すと、梢は呆然と俺を見ていた。なぜと問われたが、答えられるもんなら答えてる。

「着いたら色々聞かせてもらう。覚悟しとけ」

自分でも何、偉そうに言ってるんだと思う。だが、そうとでも言っておかないと自分の理性を保てない気がした。

8

駐車場に着くなり私はまた熊谷さんに抱きかかえられた。

安全だからと運ばれたのは、最初に連れてこられたマンションの一室だ。

五ヶ月ぶりだろうか。あの時と全く変わらない部屋に、むしろ懐かしささえ感じる。

熊谷さんは部屋に着くなり浴室の扉を蹴り開け、私を椅子の上に乗せた。そしてシャワーを取って温度を確かめるように流水に手を当てている。そこで私はハッと気付いた。

「じ、自分で洗いますっ！」

「どうせ俺がすぐ汚すからいいんだよ」

いや意味わかんないんですけど。

「熊谷さんの手を煩わせるのは……って、スーツ濡れちゃいますよ？」

「洗うからいい」

「そういう問題じゃ……ちょ……！」

言っている間に適温になったのか、上からシャワーでお湯をかけられる。手についていた返り血とかも洗い流してもらえたけど、それより……

「まだ、下着脱いでないんですけど」

「じゃあ脱げ」

「ええ……」

もう完全に濡れちゃったし、脱いだほうがいいのはわかっていても、脱げって言われてすぐ脱ぐのはどうかと思う。

「脱がされたいのか」

熊谷さんの目は据わっていた。

「……いいえ」

私は背中のホックを外してショーツも脱いだ。もう何回も見られている。今さら恥ずかしがる必要はない、よね？　いや、久しぶりだからか妙に気恥ずかしい……

「ちょ、熊谷さん！」

脱いだはいいけど行き場を失った下着類が熊谷さんに奪われた。開いたままになっていた浴室の扉から外に放り出される。

「いらねぇだろ」

「今はそうですけど、どうするんですかあれ！」

放り出された下着が床に落ちているのが見えて、なんとも言えない気分になる。

「下着の心配してる場合か？」

それはどういう意味でしょうか。

そう言い返そうとしたら、唐突に口元を塞がれる。

「気にする相手が違うだろ」

く、熊谷さんってそんなこと言う人でしたっけ!?

耳元で、こんな優しく囁くような人でしたっけ!?

なんか求めていたのと少し違う？　別に嫌じゃないけど。むしろ想像もしていなかった言葉に、私の胸は暴れて脳がキャパオーバーを訴えている。

「大人しくしてろ」

言い聞かせるような言い方に、私は思わずこくこくと頷いていた。

熊谷さんは私の反応を満足げに見ると、手を離してくれる。

その瞬間、空気が抜けた風船みたいに力が抜け、私は倒れないように頑張って椅子に座り直す。

熊谷さんがシャンプーを手に取って私の頭を洗ってくれる。指の腹でマッサージされているみたいで気持ちいい。

誰かに洗ってもらうの、久しぶりだな。

シャワーで丁寧に洗い流してもらって、次いでトリートメントらしきものを塗ってもらった。

それが馴染むまで、ということだろうか。熊谷さんはまた違うボトルを手に取ってふわふわの泡を出す。

あれは……

「か、体は自分で洗います！」

「どうしてだ」

「いや、だって……」

恥ずかしいって言ったところで、今さらだって言われるだけだし。

感じてしまいそうだから、なんてなおさら言えない。

黙っていると、熊谷さんの手が背中を撫でた。泡越しの、柔らかな手付きだ。

それでもぴくりと体が反応してしまう。それを隠したくて、私は俯いて精神を落ち着かせようとする。なのに……

「んっ！」

それまで背中や腕を撫でていた手が、胸元に触れた。それだけで私の心は乱れて、声が漏れる。

恥ずかしい。でも、触れられるのは嫌じゃない。私はこれ以上うっかり声を漏らさないように堪える。

「ひゃっ……んんっ！　だめですっ！」

その焦らすような手付きが私の太腿に近付いてきた。思わず腰を浮かせたけど、上から押さえ付けられてしまう。

やがて泡を纏った熊谷さんの指が私の脚の間に入り込んだ。

「……っ、や、そこはっ……だめ！」

敏感な部分を丁寧に指先で拭われる。指はやがて中に入れられて、私の中から何かを掻き出すみたいな動きに変わった。

「奥まで濡らしやがって」

「ご、ごめんなさ……んんっ！」

「お前にじゃねぇ、あいつらに対してだ。安心しろ、もう絶対に手出しはさせねぇよ。俺のモンに手を出したらどうなるか、教えてやる」

熊谷さんが何か言っているけれど、うまく聞こえない。体が勝手にピクピクと痙攣して、椅子から落ちないよう堪えるので精一杯だ。

「……にしても、どうしてあんなセキュリティもクソもねぇアパートなんかに住んでんだ。もっとまともなマンションがあったろ」

「いや、だってずっと住み続けるかどうかは別問題だったし、アパートでも不自由することはなかったから」

そう言うと熊谷さんは不満顔になって私の中を押した。唐突な刺激に体から力が抜ける。

「そのために金振り込んどいたってのに、どうして使わなかった」

「ふ、振り込み？」

「まさか、気付いてなかったのか？」

だって使う用事なかったし、思い出してしまいそうで通帳にすら触れないようにしてたから。

「……お前の引越し先、調べといて正解だったな。思ったより早く迎えにいく羽目になったが」

思ったより早く？　まさか……頭に浮かんだ推測を口にしようとしたら、耳を噛まれて、すぐにそれどころじゃなくなった。

「あのあとお前、事務所来てたんだってな」

耳元で囁かれたそれに背筋がゾクゾクするのを感じつつ、私はその言葉の意味を考える。

ああ、確かに関係が終わった数日後、私は事務所に行った。

「西野から聞いた。どうして来たんだ。お前の口から聞きたい」

西野って、あの日会ったチンピラさんだよね。

熊谷さんは手を止めて、私の目をじっと見た。嘘は通じない、そう直感する。

「……熊谷さんに、会えるかと思ったから」

熊谷さんは黙ったまま、けれど私の脚を掴んでいた手の力を僅かに強める。

「会ったところでどうしようもないってわかってました。でも、忘れられなかったから。私を最初連れてきた、西野さん？　に会って、それでちょっとお話したら少し落ち着いたので、帰りま……ひゃっ！　ちょっ……熊谷さ……んんっ！」

突然熊谷さんの指が深く入り込んだ。そのまま唇で口を塞がれる。思わず首を振ってそれから逃れ、抗議しようとその目を見た。

暗い色のその瞳には、ちらちらと炎のようなものが揺らめいている。

「お前の口から西野の名前聞いたら、なんかムカついた」

自分で聞いたんですよね!?

その抗議の声は、がっつり頭を掴まれて落とされた口付けの中に消える。

彼の舌が唇の間から割り込んできて私の舌をなぞった。

それがあまりに衝撃的すぎて、私は呼吸の仕方を忘れてしまう。呆けたように僅(わず)かに口を開けたままでいると、熊谷さんの舌が私の歯に触れて、口蓋(こうがい)、舌の付け根と口内のあらゆる箇所を蹂躙(じゅうりん)した。

ようやく唇が離れた瞬間、私は大きく息を吸う。

「な、何するんですか！」

「何って、キスしたんだよ」

それはわかりますよ！　さすがにそれくらい知っていますからね!?

自分の顔は今、耳まで真っ赤だろう。あんな深いキスをされたことなんて、これまでない。しかも相手は熊谷さんだ。

心臓が痛いくらい脈打って、酸欠になったみたいにくらくらする。

「流したら風呂入るぞ。座ってろ」

こんなにも私は動揺しているのに、熊谷さんはまるで何事もなかったみたいに言うものだから、ただ頷(うなず)くしかなかった。

ボディソープを洗い流された私は、そのまま持ち上げられて湯船に入れられた。

それで満足したのか、熊谷さんは脱衣所のほうに消えて……すぐ戻ってくる。裸で。

「わ、私は出ま……うっ」

体を起こそうとした瞬間、頭を押さえられた。

「出るなら百数えてからにしろ」

子供ですか私は！

でも百数えれば出ていいってことだよね。心の中で数えよう。一、二、三、四……

「ああ、やるならわからねぇから声出せよ」

「いや、わざわざそんなことしなくても」

「数えるまで出さねぇからな」

熊谷さんはニヤリと笑う。ああ、これ本気だ。

「わ、わかりました。一、二、三……」

仕方なく数える。

数えている間に熊谷さんはさっさと体を洗って……なぜか湯船に入ってきた。いや、まあ熊谷さんのお風呂だから何も言えないけど。

余裕はすごくいっぱいあるから別に狭くはない……のに、彼は肩まで浸かって数えていた私の腰を掴んで引っ張ると、後ろから抱きかかえ私を脚の間に挟む。

あの、めちゃくちゃお尻のあたりに障りがあるんですけど！

「も、もう百秒は経ってるので、私出てもい……っ！」

体を引いて逃れようとしたのに、熊谷さんは私の腰に腕を回して離してくれない。そしてついでにとばかりに指先で秘部に触れた。

痺れが温かいお湯からじわじわと私の中に広がっていく。

緩慢な動きがかえって刺激を強め、体から力が抜けるのを感じた。

「いい子だ」

熊谷さんがお湯の中でゆっくり私を持ち上げて腿の上に乗せる。

その分少しだけ私の頭が熊谷さんより高い位置にきて、私は横から熊谷さんを見下ろす。

「あの……」

もうとっくに百秒は終わったんですけど。

「ちゃんと声出してたか？　最初からやり直せ」

「熊谷さんがいきなり……途中まで数えました」

九十一秒くらいまではちゃんと数えましたよ？　だからとっくに百秒経過してるんですよ。

そう言っても聞いてもらえない。というか、はなから離す気はないらしい。

熊谷さんは私を柔く抱き締めると肩に顔を埋めてそのまま動かなくなる。

その姿を見ていると、私の中から抵抗する気力が薄れていった。

代わりに私は熊谷さんの背中を眺める。赤黒い炎を纏った毘沙門天だ。これを、これ以上のものをこの人は背負っているんだろうか。

気付けば私は熊谷さんの背に腕を回してその逞しい体を抱き締めていた。

そうしてしばらく抱き合っていたけど、さすがに暑くなってきたので腕を離す。熊谷さんもやや不満顔になるものの、のぼせるといけないからと離してくれる。

でも立ち上がろうとした瞬間、耳元に息を吹きかけられて、驚いている間にキスをされた。

今度は軽く触れるだけだったのに、それでも私の胸を掻き乱すには十分すぎる。

「く、熊谷さん？」

「……可愛すぎるってのも、困るな」

そう言うと、熊谷さんは再び私の腰を抱いた。

「う、え!? あ、あの！ 自分で出ますよ？」

「俺がそうしたいんだ」

なぜだろう。聞き分けの悪い子供を見るみたいな目で見られている。

「でも、体拭いたりとか」

「いらねぇよ」

いや、いりますから！

その訴えは聞き届けられず、私は濡れたまま横抱きにされて浴室から運ばれた。その状態で熊谷さんは私を寝室のベッドの上に転がす。

咄嗟に起き上がった私は、ベッドの横に立つ熊谷さんを見上げた。熱を帯びた獰猛な瞳と目が合う。

「言ったろ、いつか後悔するって。生憎だが、逃がす気はねぇからな」

熊谷さんは起き上がった私の頭を撫でる。その手付きはとても優しいのに、肉食獣に触れられているみたいな緊張感があった。

けれど、私だって望んだんだ。熊谷さんがいいって。

「まあ一応確認しとくが、本当に俺でいいんだな？」

確かめるように熊谷さんが言い、私は頷いた。

「前にも言ったじゃないですか、あなたが欲しいって」

本心だって、知ってほしい。

あの頃からずっと、私はこの人が欲しかったんだ。

「……ありがとな、梢」

熊谷さんの手が私の肩に触れた。軽く押されて、私は大人しくベッドに横たわる。

そうしていざ向き合うと、どういうわけか心の中がザワザワして、熊谷さんの顔を見られなくなった。自分の頬が上気しているのを感じる。

お互いに求め合っているのが伝わってくるからだろうか。まだ始まっていないのにもう体の芯が切なく疼いて、私は熊谷さんの背に腕を伸ばす。この距離でさえもどかしい。そしてゆっくりと熊谷さんの体重が私にかかり始める。少しずつ触れる範囲が広くなって、熊谷さんの体温を全身で感じた。同時に心臓の鼓動がお互いの濡れた胸越しに伝わってくる。どちらの心臓もせわしなく動いていた。

「んっ……あっ……」

熊谷さんが私の首に歯を立てる。緩い力で歯が首に食い込んで、皮膚が引っ張られた。同じことを肩や腕、胸元に繰り返される。そのたびにそこが赤く熱を帯びて、花弁が散ったみたいに私の体を覆っていった。

私はこの人のものになるんだ。

そう思うと、胸の奥からぞくぞくする何かがせり上がってくるのを感じる。

言葉では言い表せないけれど、とにかく心が満たされていく。

幸せって、こういうことなんだろうか。

みぞおちあたりで口付けを止めた熊谷さんは一度私の体を満足げに見下ろし、そのまま秘所に指を入れた。

すでによく湿ったそこは熊谷さんの指を素直に受け入れて、喜びを示すように切なく疼く。まだ慣れず、恥ずかしいけど、それが自分の気持ちなんだとわかるから、私はゆっくり脚を広げた。

熊谷さんの目が僅かに見開かれる。

「嫌じゃないって……私から言っちゃ、だめですか」

自分の声は震えていた。体はこんなにも素直なのに、どうして言葉にするとうまく言えないんだろう。

女から求めるなんて意地汚いとか思われるんじゃないかと心配になる。でも、これが自分の本心だ。隠すなんてできない。

しばらくしても、熊谷さんからの返事がない。うろたえたような表情で私を見下ろしている。

「……まさか、お前に言われるなんてな」

そこで私は熊谷さんの顔が赤くなっていることに気付いた。

この人でも恥ずかしがるなんてことがあるんだな。そう思っていると、突然熊谷さんの纏う雰囲気がガラリと変わる。ついさっきまで崩れていた表情が笑みに変わった。その笑みは底の知れない熱を秘めて、煮詰められた砂糖のように甘く粘度を持って私に絡みつく。

それに搦め取られたみたいに体が動かなくなり、熊谷さんの一挙一動から目が離せなくなる。全てが喜びだ。

「あっ……そこ、はっ！　んん……」

深く沈み込んだ指が私の弱い部分をくすぐる。もう十分すぎるくらいに蜜が溢れているのに、熊谷さんは焦らすように指先だけで私を攻めた。

「どうして……」

私の問いに笑みをさらに深めるだけで、応えてはくれない。

その代わりというように、私の中から指を抜くと、何度も達して濡れた秘部にそっと息を吹きかけた。

ヒヤリとする感覚の直後、全身を巡って快感が脳を貫く。頭の中が真っ白になって視界がチカチカした。

「欲しいって、言ってくれるんだろ？　それまでめちゃくちゃに可愛がって、ドロドロにしといてやる。お前が壊れる前に、いけるとこまで乱れろ」

「だ、だったらもう、もう十分ですから、いれ……ひゃあっ！」

蜜はとっくに滴り落ちて、熊谷さんの指を濡らしている。熊谷さんのものを受け入れる準備は整っているのに、それを熊谷さんもわかっているはずなのに、追い打ちをかけるように彼の舌が私の中に入り込んだ。

指とは全然違う、より熱くて芯のない柔らかなそれが秘部に触れる。

そんなところ舐められるなんて思ってもいなかったし、それがこんなにも私の頭を変にさせるなんて考えたこともなかった。

「ふぇっ！　あっ、ああっ！」

舌が動くたびに今まで感じたこともない大きな波が立ち始める。それは徐々に大きくなって、私の体には収まりきらなくなっていった。

恥ずかしさと快楽、背徳感が混ざり合って、体を震わせる。

「や、いっかい、とめて……ほし、ほしいって、言うからぁ……」

欲しいって言ったら、私の望むものをくれるんでしょう？　もうこんなに切なくて辛いの、熊谷さんはわかっているんでしょ？

息も絶え絶えにそう言うと、熊谷さんが動きを止めた。そして顔を上げ、駄目だと言うように首を軽く横に振る。

「貴也だ、梢」

た、たかや……？　それに今のは、私の名前……

「ふあっ！　んんっ！」

なんのことかわからなくて返事ができないでいるうちに、しびれを切らしたらしい彼が、何かを払うように短く息を吹きかける。さらに熱を増していたそこは、過剰なくらいに反応して私の頭をさらに馬鹿にした。

「俺の下の名前だよ。まさか、忘れてたなんてことはねぇよな」

「す、すみません……」

そういえばそうだった気がする。だって、名前聞いたの一回だけで、そのあとはずっと熊谷さんって呼んでたから。

覚えていたって言えばよかったのに、馬鹿な私は素直に謝ってしまった。熊谷さんは呆れたようにため息をつくと、指先で花芯をぐりっと潰すように押す。

強すぎる刺激が全身を駆け巡って、頭がガクガク揺れて星が瞬いた。

「呼べ」

う、怒らせてしまったんだろうか。

確かに自分から求めておきながら下の名前忘れているなんて失礼すぎた。

「く、た……貴也さん」

「さんはいらねぇ。梢、もう一回だ」

そう言ってまた私の花芯を押し潰す。開いた口からはもう嬌声すら上がらなかった。

「た、かや……」

声は掠れてうまく言えたかもわからない。

でも、熊谷さんがとても嬉しそうに笑って頷いていたから、きっと呼べたんだと思う。

「どうされたい、梢?」

問いかける彼の声は優しい。けれど、その裏に込められた逆らえない何かに私は屈した。

「く……貴也さ、貴也がほし、い」

ああ、なんでうまく言えないんだろう。そんな私の様子を見ながら熊谷さんは微笑む。

「今はそれで満足してやる。今は、な」

含みのある言い方だ。けどそれを気にしている場合じゃない。

熊谷さんは秘部の襞を捲り上げて、膨れ上がった剛直を私の中にゆっくりと差し込んだ。待ち望んでいたそれに、私の中は歓喜に震えてそれを締め付ける。

「……相変わらずだな、梢。お前の中、熱くて狭くて、こんなに締め付けてくる」

熊谷さんの表情が余裕のないものに変わった。自分でも抑えがきいていなかったのに、そんな顔されたらもう、どうすればいいのかわからない。

私の中で熊谷さんのものが脈打ってる。それ以外のことが感じられなくて、少し体を動かされるだけで口から掠れた声が漏れる。

「ひゃ……う……」

「どこで覚えたんだよ、そんな顔」

熱っぽい声がすぐ近くから聞こえてきた。

「それはあなたが……んっ」

うっすら目を開けると、私の目の前に熊谷さんの口があって、そのまま唇を塞がれる。

そして入り口近くまで抜かれていた熊谷さんのものが奥に叩き付けられて、嬌声は熊谷さんの口の中に消えていった。

息が苦しい。

なのに、熊谷さんは私の頭をベッドに押し付けるようにして唇を離してくれない。その間に何度も抽送を繰り返して、私は声も出せないまま達してしまう。

同時に熊谷さんも私の中で果てて、内側に欲を吐き出した。

「……っ、はっ、は……」

ようやく唇が離されたときには、ろくに呼吸もできなくなっていた。さすがにやりすぎたと思ったのか、熊谷さんは私の頭を優しく撫でて体の動きを止める。

「今度呼吸の仕方、練習するか。安心しろ、最後まで付き合ってやるから」

この状況で安心しろと言われても、なんの説得力もないんですけど。

けれどうっとりと私を見下ろすその表情に対して、何も言い返すことができなかった。

「……三ヶ月ぶりだ。お前のその顔見るのも、お前の中でイくのも。もう離さねぇ」

「わ、私も、くまが……んあっ！」

「梢、やられたいんだったら、わざわざ呼び間違えなくても言えばいい。今日はその辺をちゃんと教えとくか」

熊谷さんは挿入したままで、私の花芯をまた押す。

私が慌てて貴也と言い直しても許してもらえず、剛直がさらに奥へ押し込まれた。

「これも、お前にとっちゃむしろご褒美か。変わったな」

「ちが……私を、こんなにしたの、く……貴也じゃないですか」

「忘れてねぇよ。それにおかしくなったのは俺も同じだ。責任取れ、梢」

「……ヤクザに責任って言われるの、怖いんですけど」

熊谷さんはそれには答えず、浮かべていた笑みを深めた。そして私の頬に軽い口付けを落とすと、再び腰を揺らし始める。

「……っ、やぁっ！」

「キスしながらも悪かないが、梢の声も聞きてぇからな」

「き、聞かな、いで……ひゃうっ！」

互いの体がぶつかるたびに卑猥な水音が響く。嗄れかけの喉からは掠れた嬌声が上がるばかりで、言葉がただの音にしかならない。

「お前はほんと、可愛い声で啼くなぁ」

熊谷さんはそう言って私の体をうつ伏せに転がすと、腰を引き上げて背後から覆い被さるようにして私を抱いた。奥に突き立てられたものが角度を変えて内側を圧迫する。

そのまま焦らすようにゆっくりと抜き差しを繰り返され、弱い場所に擦れるたびに、私の体は熊谷さんの腕の中でビクビクと震えた。

「う、ごかさな……っ、おねが、い」

一方的に注がれ続ける快楽に息も絶え絶えになりながら、私は熊谷さんに懇願する。

少しでも気を抜いたら意識が飛びそうだ。

暴力的なまでの快楽が頭の中を真っ白に染めて、私から思考を奪おうとしている。

「まだだ。溺れろ、梢」

熊谷さんは熱っぽい吐息を私の耳に吹きかけた。

背筋にゾクゾクするものが走り、その瞬間、私の意識がほんの僅かに途切れる。全てが快楽に支配された。体が言うことを聞かない。

脚の間から蜜が滴り落ちていく。内側は締め付けを強めて熊谷さんのものに絡み付いた。

「……っ」

熊谷さんの抽送が一瞬止まる。けれどすぐに動きは激しいものに変わり、狭くなった内側に熱と質量を増したものが何度も叩き付けられる。

「ああっ！　んん！」

ぶつかり合う水音が、私の耳まではっきりと届く。

やがて熊谷さんは一際大きな動作で私を貫くと、体を大きく震わせて達した。熱い液体がほとばしる。

「あっ……ああ……」

熊谷さんが荒く息を吐きながら、それをずるりと引き抜く。同時に、粘度を持った液体が震える脚を伝い落ちていった。

‡　‡　‡

次の日の朝。近くに何か温かいものがある感覚で目が覚めた。

その温かいものは私にくっ付いて離れてくれない。

寝ぼけながらどかそうとすると、さらに強く抱き締め……ん？　抱き締め……？

「くっ、くまが……じゃない。貴也さ……んんっ！」

目の前にいた人の名前を呼ぼうとした瞬間、口付けで口を塞がれる。それは息が苦しくなるくらい続いた。

「さん付けはやめろ。梢」

「で、でも、これまでずっと熊谷さんだったのに、いきなりは……」

「ぺ、ペナルティつけるぞ」

「間違えたらペナルティってなんですかそれ。一方的すぎやしませんかっ」

「一方的？　じゃあ俺が沢木って呼んだら、俺のこと好きにしていいぞ。な、沢木さん」

そう言って人の悪い笑みを浮かべるくま……じゃなくて貴也、さん。無理だ、いきなり呼び捨てなんて。

っていうか、今わざと沢木さんって……期待を込めた目で見ないでください！　ペナルティの意味わかってます⁉

「だから好きに触れって言ってんだよ」

「結構です！」

「……チッ」

今、舌打ちしました？　そんな顔しても、しません！　というか、どうされたいんですか。

「せめて、慣れるまでさん付けにさせてください」

「俺は梢って呼んでるだろ」

「く、貴也さんはそれでいいのかもしれませんが、私は、その……」

そういう性分なんだから仕方ない。今もさん付けしちゃってるし。

貴也さんは不満そうに、すっごい不満そうにしながらも、やれやれと頷く。

「次の夜には呼ばせるから、覚悟しとけ」

……なぜ覚悟が必要なのかは考えないでおこう。

貴也さんは私を抱く腕に少し力を込めると、すぐに離した。離れた肌の間に空気が入り込んでひやっとする。そのおかげで少し冷静になった私は、飛び起きた。

「って、今何時ですか⁉」

色々ありすぎて考えられていなかったけど、仕事！　今日は平日っ！　会議っ！

「休めばいいだろ」

「そんなさくっと休めません！」

慌てて立ち上がったはいいけど、服！　服どうしよう……。

昨日の夜ここに来たとき、私はほとんど裸みたいな状態だったため、会社に行きたくても着ていく服がない。なんなら下着さえ怪しい！

「落ち着け。なら、なおさら休めばいいだろ」

「駄目ですよ。今日会議なんです」

資料もちゃんと作ったのに！

時計を確認すると、時刻は七時。思ったより余裕があった。でも、時間は余裕でも準備が全くできていない！　素っ裸で会社に行くわけには……。

「さすがに女物はねぇな」

「私のアパートに取りにいけませんか」

「今は無理だ。昨日、色々ありすぎた」

ですよね……って、そうだった！　私の部屋で撃ったから、戻れない。というか、警察とか大丈夫なのかな。撃ったの貴也さんだし……

「それはうまくやるから安心しろ。少なくともお前が関係していたことについては漏れねぇようにしてある。だから余計にあそこに近付くのはまずい」

「ど、どうにかなりませんか⁉　とりあえず服が手に入ればいいんです」

私の頭ではとてもじゃないけど妙案が思い浮かばない。貴也さんなら女物の一つやふたつすぐ手に入れられそうな気もするけど。

「……できないことはねぇ」

「お願いします！　なんでもしますから！」

そう言っておいて、すぐ後悔した。

なんでもしますって言っちゃったときの貴也さんの顔が、なんだかすごくヤクザっぽかった。いかにも悪巧みしてそうな、そんな顔。

正直、ちょっぴり血の気が引いている。

「し、仕事は辞めませんからね！」

「それ以外ならいいのか？」

……まさか、辞めさせるつもりだったんですか。

「仕事以外で、私にできる範囲で、お願いします」

嫌な予感しかしない。けどそう言うほかなかった。

貴也さんは上機嫌で立ち上がる。けど、できないことはないって、いったいどうするつもりなんだろう。こんな時間からやってる服屋なんてあったっけ。

まだ不安が残っている私を安心させるように貴也さんは私の頭を撫でると、用意するから風呂でも行ってろと言い残し、さっさと着替えて出ていった。

確かにお風呂は入っておきたかったので、言われた通りシャワーを浴びて貴也さんの帰りを待つ。

わりとすぐに戻ってきた貴也さんは、片手に紙袋を持っている。中を開けると、シンプルな紺のスカートにブラウスが入っていた。普通の服だ。

シャワーついでに洗って乾燥機にかけていた下着を着て、袖を通す。よかった、サイズも悪くない。

「どうしたんですか、この服」

「妹に借りた」

「い、妹っ!?」

貴也さん、妹いたの？　別に意外とかそんなことはないけど、初耳だ。

「っても父親違うけどな。そのうち会わせる」

「ええと、妹さんも……」

「いや、あいつはお前と同じで会社勤めだ」

そうなんだ。まあ、詳しいことは貴也さんが話したくなったときに教えてもらおう。

とりあえず、貴也さんの妹さんには感謝しないと。助かった……

「送ってやる。俺も出かけるしな」

「貴也さんはどこに行くんですか？」

「昨日の続きだ」

昨日の続き……確か、どこかの組と争ってるって。

それに気付いた私の肩が、ひとりでにぶるっと震える。そして無意識に貴也さんに抱きついていた。

「別に心配しなくてもすぐカタをつける。やっとお前が手に入ったんだ。あと百億くらい抱いてからじゃねぇと死ねねぇ」

……単位がおかしい気がするのは気のせいでしょうか。

でも、それを聞いたらなんだか少し落ち着いた。そうだよね、貴也さんってそういう人だ。

思わず笑いがこみ上げてくる。

貴也さんも自信ありげに微笑(ほほえ)んでいた。

‡　‡　‡

——すぐにカタをつけると言っていたけど、そんなにすぐに終わるものでもないよね……

もし、貴也さんに何かあったらどうしよう。

あれからなんとか仕事を終えて帰る途中、ふとそんな不安が頭をよぎる。

私はヤクザさんたちのことなんてわからない。でも、少なくとも安全じゃないことくらいはわかる。一昨日(おととい)の夜に貴也さんが怪我をしたっていうのは嘘だったものの、それが現実になる可能性は大いにあった。

考えるだけで心に穴が空(あ)きそうで、私はぶんぶん首を振って嫌な想像を振り払う。

起こってもいないことを怖がるのはやめよう。

ちらりと後ろを振り返ると、チンピラ三人組が何やらこそこそ話しながら私の後ろをついてきていた。仕事については、チンピラ三人組に送迎されつつ通勤することで決着がついている。

彼らには申し訳ないなと思うけど、これぱっかりは仕方ない。今度お菓子でも渡そう。

それに貴也さんに何かあったら伝えてくれるはずだ。便りがないのはいい知らせ。

なるべく別のこと——仕事のこととか、仕事のこととかを考えるようにしながら歩いているうちにマンションの入り口が見えてきて、私はほっと一息つく。

何事もなくてよか……いや、そんなことはなかった。

「金谷さん……」

マンションの玄関の前に見覚えのある人影が立っている。

「やあ、梢チャン」

金谷さんはひらひらと手を振りながらマンションの入り口の前に立ち塞がった。私が足を止めるとチンピラ三人組がすかさず私と金谷さんの間に入り込む。

「金谷さん、こんなところで何をしてるんですか」

「梢チャンを待ってた。君らは……熊谷サンの腰巾着か。君らに用事はないんだけど」

不機嫌そうに金谷さんが三人組を見る。彼は邪魔だと言いたげに三人組の間を通り抜けようとした。

「邪魔」

「姐さんには指一本触れさせません」

「別にこの状況で襲ったりしないよ。梢チャン」

名前を呼ばれた私は、真っ直ぐ金谷さんを見る。この人のせいで昨日、私は……

「無事だったみたいでよかった。さすがに間に合わなかったらどうしようかって思ってたんだ」

金谷さんはチンピラ三人組に思い切り睨まれても、まるで気にしていない様子でへらへら笑っていた。この人、いったい何をしたいのか、さっぱりわからない。

「まあでも一応謝っとこうと思ってね。もう謝れないあいつらの代わりに来たってわけ」

あいつらっていうのは昨日の男たちのことだろうか。もう謝れないっていうのがどういうことなのか、考えないほうがいい気がする。

「あなたが仕組んだことなのに？」

「まあ、間接的にはそうなるかもね。でも俺は、深谷の組長に熊谷サンが梢チャンのこと忘れてないって言っただけだよ」

その返答にチンピラ三人組の雰囲気が変わる。マンションの前の空気はピリピリと張りつめていた。

「いいじゃない。結果的に熊谷サンは君を助けに行ったわけだし、また会えたでしょ」

まるで自分の手柄のように金谷さんは言う。この人の目的がわからない。言葉だけなら、貴也さんが助けに行くと確信していたから、わざと私を襲わせたみたいで……。

「金谷さんあんた……兄貴が、兄貴がどれだけ姐さんのことを心配したと思ってるんですか」

「心配したから助けに行ったんだよ。あのさ、俺は梢チャンとしゃべりたいんだけど」

黙っていろと言いたげに金谷さんはチンピラ三人組を睨む。

「俺はね、梢チャンが欲しいんだ。理想的な形で。と……まあ、そういうわけだよ。とりあえず伝えたから。じゃあ、またね」

そう言って金谷さんは自分を取り囲んでいる三人組の一人――西野さんを押しのけて私たちに背を向ける。

「ま、待てっ！」

西野さんがそのあとを追いかけようとしたけれど、金谷さんは停めていた車に乗り込んで夜の街へ走り去っていった。

その翌日の夜。仕事から帰ってエレベーターに乗り込んだ私は、階数の表示をぼんやりと眺めていた。

やがてチンというベルの音と共に扉が開いて、いつもの広い廊下に出る。

きっと今日もこの広い部屋でひとりなんだろうなと寂しくなりながらカードキーをかざして扉を開けたとき、芳ばしいコーヒーの香りが鼻をかすめた。

パンプスを放り投げるように脱いで、慌てて辺りを見回す。探していた姿はすぐに目に飛び込んできた。

貴也さんは驚きで言葉を失っている私を見て笑みを零す。

「遅かったな」

「おそ……？　いやいや、私は普通の帰宅時間ですよ。むしろ貴也さんが早すぎるだけじゃない？　ヤクザさんの争い事情とか知らないけど、そんな早くにカタって付けられるものなの？　だって二日しか経ってないよ？」

貴也さんはカップを机に置いて立ち上がると、棒立ちになっている私を抱き締める。

「二日でも長ぇよ」

私を抱き締める貴也さんの腕は少し苦しいくらいで、でも今はそれすらも心地いい。

しばらくそうして抱き合った後、貴也さんは私の肩に手を置いて私の目をじっと見つめた。

「なあ、梢」

「……はい」

貴也さんは何かを言うべきか悩んでいるようだ。私もその目を見つめ返して次の言葉を待つ。

「昨日、金谷に会ったんだってな」

「はい。でも……」

「西野から聞いた。悪かったな、一緒にいてやれなくて」

「……大丈夫です。今は、これからは一緒にいられるなら」

金谷さんのことは本当にわからない。これからも何か仕掛けてくるのかもしれない。けれど不思議ともう怖くない。貴也さんの真っ直ぐな瞳が私を見ていてくれるから。

「そうか」

そう言って貴也さんは再び私を抱き締める。今度は優しく。

まるで自分がガラス細工にでもなった気分だ。

「お前は誰にも渡さない。俺だけの梢だ」

そう囁くと、貴也さんは私の耳に柔く噛み付いた。

甘やかな刺激に、体がびくっと跳ねる。

「待ってください。まだ……」

「わかってる。今はこれでいい」

その優しい口調に、私はほっと息を吐く。安心すると同時に無意識に泣いていた。

「ぶじで、よかった……」

口にしたら余計に緊張が緩んで、涙が勝手に零れ落ちる。

貴也さんの手が子供にするみたいに私の背をぽんぽん叩いた。

「情緒不安定か」

「だ、って、もどってこなかったら、どうしようって」

「言ったろ、お前を百億抱くまで死ねねぇって」

「そうですけどっ……」

結局、私はしゃっくりが収まるまでそのまま抱き締められていた。感情が昂っていたのが落ち着いて、私はやっと自分が何をしていたのか理解する。

「ご、ごめんなさい」

腕を突っ張ってちょっと距離を取る。

貴也さんの肩の下くらいが濡れてるの私のせいだよね。うう、恥ずかしい。

「謝る必要ねぇだろ。お前は俺の……」

そこで貴也さんは言葉を止めた。何か言おうとして、再び悩んでいるようだ。

「なぁ、お前にとって俺はなんだ」

唐突なその問いに、私は目を瞬かせる。

私にとって、貴也さんは……恋人、愛人、購入者、セフレ……色々浮かぶけど、どれが正しいんだろう。

「……愛だ恋だは俺にはわからねぇ。でもな、お前といると、それだけでいい。まあ今すぐ抱きたいってのはあるが、お前以外考えられねぇし、大事にしたい」

貴也さんはもう一度私の肩を引き寄せて、思い切り抱き締めた。心なしか、さっきよりも温かい。

「こういうのを好きだ愛だって言うなら、そうなんだろうな……梢、お前はどうだ」

好きか嫌いか、そう聞かれたら絶対に嫌いではない。きっと好きだ。けど、これまで愛だ恋だを考えてこなかった私の頭は、すごく慣れないことをしているみたいでぎこちない。

「わ、私は……」

「少なくとも俺は、お前とはもう体だけの関係でいたくはない。梢の全てが欲しい」

「ええと……そ、それは、プロポーズか何かですか……？」

「そうなるな」

って、何聞き返してるの私⁉　さっきから上昇し始めた熱で頭が馬鹿になったにしても、違う言い方というか、他に言うべきことがあるよね！

なんて口にしたことを後悔している場合じゃない。だって今、貴也さん「そうなるな」って……

「俺みたいなのが失えねぇもんを持っちゃいけねぇのはわかってる。でもな、それ以上にお前を失いたくない。お前のいない三ヶ月は空虚だった。他の女を抱くとお前を忘れそうで、忘れたいのに、できなかった」

さっきから私の頬が燃えてるんじゃないかってくらい熱い。心臓も早鐘を打って、自分の心音がすぐ近くで聞こえてくる。

「お前と食った飯、旨かった。ちょっと触っただけで反応するのが可愛かった。俺だけが知ってるってのが、堪らなく嬉しい。なぁ梢、俺のもんになってくれないか」

抱き締められているから、貴也さんの顔は見えない。けれど僅かに腕は震えていて、それを感じた私はまた泣いていた。

「それともお前の欲しい俺は、体だけか」

「ち、違います！」

咄嗟にそう答える。自分でもなぜだかわからない。けど、この人にそう思われたくなかった。

「確かに、体に溺れちゃったのもありますけど、でも、それだけだって思われたくない。貴也さんのこと、私……」

貴也さんは私の言葉を待っていた。静かに私の頭を撫でて、待ってくれている。

もう、私の中に返事は一つしかなかった。

この人のことが好き。

私はこの性欲の強すぎるヤクザに、完全に捕まってしまったらしい。

捕まった、その後

後日譚その1

「――それ、何が入ってるんですか？」

何気なく言ってしまったその一言が、まさかその日からの夜の御営(おいとな)みをガラッと変えることになるとは思わなかった。

もし過去に戻れるなら布でもかけるか燃やすかして、それを私の視界から隠す。

まあ「そのうち使うつもりだった」とのちに彼は供述していたため、結果が早いか遅いかの違いなだけだけどね。

‡　‡　‡

その日。貴也さんはヤクザに似合わない、にこにことした笑みを浮かべていた。

「最高に唆(そそ)るな」

その目は愉悦(ゆえつ)に浸(ひた)り、物理的に一切動けないでいる私を見下ろしている。

今、私の手足は銀色の鎖と革のベルトでベッドに固定されていた。自分でもこの状況をすぐには受け入れられない。

僅(わず)かに動くだけで金属の擦(こす)れる高い音がした。

なぜこんなことになったのか。それはほんの少し前に遡(さかのぼ)る。

私は貴也さんと並んでソファーに腰掛けながら、なんの気なしにリビングに置かれていた茶色い段ボールを指差して「それ、何が入ってるんですか」と言ったのだ。

その箱は数日前からそこにあって、てっきり貴也さんのお仕事関係かなと思って放置していたのだが、ずっと置きっぱなしなのが気になってつい尋ねてしまった。

「ああ、あれか」

貴也さんがすました顔で言う。改めて思うと彼の声音は白々しかったかもしれない。けれど、そのとき私はそれに気付かなかった。

「そのうち使うつもりだったんだが、今からでもいいか」

……使う？

「これまでこういうアブノーマルなやつには興味が湧かなかったんだが、今ならわかる。お前相手ならやりてぇわ、これ」

あ、あぶのーまる？

「ちょうど明日日曜だしな。じっくりできるか」

じっくりって何をですか⁉

貴也さんは私の肩を抱きながら、とても、とっても悪い笑みを浮かべた。

「なんでもする。お前、そう言ったよな？」

そ、それまだ生きてたんですか⁉

以前、妹さんに服を借りてもらったときにうっかり口をついて出てきたそれが、まさかここで？　言い方といい、笑い方といい、嫌な予感しかしない！

貴也さんは私の反応を満足げに観察すると、立ち上がってその段ボール箱を手に取った。そして箱の中に手を突っ込んで、中をさぐる。

……なんか、カチャカチャって、金属っぽい嫌な音がするんですけど。

そうして貴也さんが箱の中から取り出したのは、鎖だった。

ただの鎖だけなら、どこかの道を封鎖でもするのかなとか、まさか武器かなとか、思えたと思う。でも、その鎖の先には革製のベルトみたいなのがくっ付いている。

ジャラジャラいうタイプのチャラいベルトに違いないと思考を逃亡させたけど、それにしては鎖が目立ちすぎだよね？　明らかに鎖がメインですよね、それ。

だいたい想像がついてしまったあたり、私はかなり毒されている。

「そ、そんなのどこで買うんですかっ⁉」

「今時通販で、なんでも買えるだろ」

何言ってんだと言いたげに貴也さんが答えた。こっちからしてみれば、貴也さんのほうこそ何言ってんのって感じなのだけど。

……これほどまでに文明の利器を恨んだことはない。

箱に書かれた笑っているようなロゴを踏み潰し、ガソリンをかけて燃やしたい衝動に駆られる。

「言ったよな、なんでもするって」

貴也さんは頼んでもいないのに復唱した。その瞳は甘い熱を宿している。

「ちゃんと革製にしてある。痛め付ける趣味はないから鞭（むち）は付けてねぇ」

さすがにそれが用意されてたら色々と考え直します。

……って、革製で鞭（むち）がないからよしなんて思ってませんからね⁉

貴也さんは手に取ったそれを一つ持って、私に近付いてくる。

そして呆然としている私の右手首を掴むと、そのベルトを巻いた。そこから垂れ下がった鎖の先を持った彼が、ゆっくりとそれを引く。

右手首が引っ張られて、そのまま私は貴也さんに腰を抱かれた。

「俺だって鬼畜じゃねぇよ。梢が本気で嫌がるようなことはしねぇ。本気なら、な」

含みを持たせたその口調に、私の肩はびくりと震える。

貴也さんにとっては私のその反応で十分だったんだろう。獲物を追い詰（つ）めた肉食獣みたいな瞳には、全てを見透かされている。

鎖が揺れて、小さく音が鳴った。

「本気で嫌だって言えばいいだろ。それとも、言えねぇ理由でもあるのか？」

あくまで私に選択を委ねようとしてくるあたり、たちが悪い。けど、確かに本気で嫌と言えないのは事実だ。

だって貴也さんがすごく楽しそうだから。喜んでもらえることはしたいし、抱いてもらいたいとも思う。

でもさすがにそういう趣味はないと言いますか、動けないっていうのもだけど、変な世界の扉を開けちゃいそうで怖いっていうのが本音だ。

もし万一、これでやられて少しでもいいなとか思っちゃったら、色々と終わりな気がする。そしてそう思わない保証はない。実際世の中そういう世界もあるそうだし……

ほら、相手は貴也さんだよ？　新しい趣味の扉開いちゃってもおかしくないというか、私だって貴也さんとこんな関係になるなんて最初は思っていなかった。この人相手に絶対はない。

「ものは試しっていうだろ？　やってみてから判断するのも悪くねぇ」

そして、貴也さんは、満足げに私を見下ろしていた。

私の体は大の字に広げられて、その状態から動くことができない。鎖の範囲なら動かせるけど、ベッドから少し腕を浮かせる程度だ。

「や、やっぱり無理です……」

見られるのは多少慣れたと思っていたのに、こんな特殊な状況は別物。閉じようにも脚を動かせなくて、むしろ誘っているみたいに腰だけが揺れる。

「可愛いから大丈夫だ」

「いや、意味わかんないんですけど」

貴也さんは意味のわからないことを言いながら、拘束し終えた私を恍惚とした表情で見下ろしていた。

入れ墨強面傷痕だらけのヤクザの男に鎖で拘束される……色々まずい気がする。絵面も字面も非常にまずい。

「堪んねぇな。今の梢、俺が何しても抵抗できねぇんだろ？」

ああ、これやばいやつだ！　まずいやつだ！　今さら遅いけど！

「わ、私に特殊な趣味とかないですからね⁉」

「何言ってんだ。多少でも興味がなきゃ、拘束していいかって言われて、大人しくされはしねぇだろ」

貴也さんは悪い笑みを浮かべて私の胸に触れた。全部わかっているという顔だ。

「……っ、ひゃ！」

「好きなようにさせてもらうぞ。お前に特殊な趣味植え付けるのも悪くねぇ」

「へ、へんたい……」

「褒め言葉か？」

拘束されているせいか、いつもより貴也さんの圧が強い気がする。

貴也さんは動けないでいる私に馬乗りになると、私の腕に巻かれた革のベルトを撫でた。振り払おうにもほとんど動かせない私に、貴也さんは笑みを深める。

「安心しろ。いっぱい気持ちよくしてやる。気持ちよすぎてわけがわからなくなるくらいドロドロになるまで可愛がって、堕として、堕としまくる。梢は何もしなくていいからな？」

動けねぇんだろ……って、そんな得意げな顔で言わないでください！　わけがわからないのは貴也さんのほうですからね？　え、正常？　嘘だ！

「せ、せめて脚は外してください……」

「嫌だ」

「思った以上に貴也さんが怖いんですけど」

「痛め付けはしねぇよ。拘束するにしても、その辺の野郎と同じ扱いを俺がお前にすると思うか？」

「ん？　まさか、かつて同じようなことを誰かにやったことがおありで？　あっ、あるんですね。ちょっと情報を聞き出すため？　世間一般ではそれを拷問って言うらしいですよ」

「野郎相手の拷問で俺が興奮するわけねぇだろ。それとも……何か聞き出されてぇか？」

「な、ないですそんなのっ！」

　っていうか貴也さんの口から拷問って言葉が出てくると、本気っぽくて怖い……

　貴也さんは楽しげに私の反応をうかがっていたものの、唐突に何かよからぬことを思い付いたのか、にっと笑った。

「せっかくだ、賭けでもするか？　俺がお前に『欲しい』って言わせたら俺の勝ち。朝までそのまま可愛がって、ついでに明日も丸一日擬似監禁。我慢できりゃお前の勝ちでこれ外してやるよ」

「……どれだけ我慢すればいいんですか」

「俺の時計で十時まで」

　貴也さんは身に着けていた腕時計を外して私に見せる。今は九時半少し前だから、三十分我慢したら外してもらえるってことか。

「十時になったら、本当に外してくれるんですね？」

「それまで我慢できたらな。男に二言はねぇ。ちゃんと外してから朝まで抱く」

……最後まですることに変わりはないんですね。まあ朝までこのままよりずっとマシだ。

私はこくりと頷く。絶対言わない。それくらい我慢できる、はず。擬似監禁って何？　嫌だ。

「どこまでもつか、楽しみだ」

貴也さんはゆっくりと私の胸を撫でる。その日は勝ちを確信しているっぽくて、私は早くも少し後悔した。

「ひゃっ……んん、あんっ！」

九時半、貴也さんはそう呟いて時計をサイドテーブルに置くと、早速私の中に指を入れて容赦なくかき混ぜ始める。

いつもなら焦らすようにゆっくりと行われるそれが、今回は一気に私の中を支配する。

咄嗟に閉じようとした脚は当然ながら動かず、私はめちゃくちゃ焦っていた。

……ま、まずいってこれ！

手足を動かせないから、自分で誤魔化す行為ができない。感じることしかできなくて、しかも貴也さんはきっと止めてくれない。本気で私を堕とそうとしてる。

「あ、そ……だめぇ！」

ふいに貴也さんの指が花芯をつまんだ。

　私が一切抵抗できないため、腰を少し押さえるだけで貴也さんは好き放題できる。普段なら脚を閉じるなり彼の腕を掴むなりすれば止められるのに、それが一切できない。

　何度も連続して花芯を刺激されて、そのたびに痺れが全身を駆け巡る。

　さらに胸の頂を貴也さんの舌に焦らすように突かれて、私の我慢はじわじわと蝕まれていった。

「や、めて……んんっ！　ひゃうっ……」

「やめたら俺が賭けに負けるだろ。悪いが、手加減はしねぇ」

「まっ、て。同時は……いやぁっ！」

　グチュリと水音を立てて、貴也さんの指先が奥に入り込む。親指は変わらず私の花芯に刺激を与え続けて、中の襞を人差し指で擦った。

　いつもならここまでされない、というかさせない。

「ほんと、可愛いなお前は。口じゃ嫌がっても、顔に全部出てる。気持ちいいか？　梢」

　試すように貴也さんは私の目を見て、ついでのように花芯を突く。

　私は嬌声を上げながら頷いていた。

「素直でいいな。今欲しいって言えば、頭おかしくなるくらいもっと気持ちよくしてやるぞ」

「そ、れはいわない……っ！」

すると貴也さんが熱く昂っているものを秘部に押し当ててくる。布越しなのにその質量と熱が伝わってきて、下腹部がキュッと疼いた。

それを感じたのか、貴也さんは低く笑う。

「体は欲しがってるみたいだな」

そう言ってズボンを脱ぎ、先端で私の秘部に触れる。望んでいるそれに、さらに切なく中が疼いた。

「俺も早く挿れてぇんだ。でも、梢が欲しがるまでは挿れられねぇよなぁ」

「……十時過ぎたら、言いますよ」

「そうか。そりゃあ、十時が待ち遠しいな」

貴也さんの笑みが深まる。そして私の言葉を促すように、襞を広げて花芯に先端を擦り付ける。

「あ、あっ！　や、それっ、やぁあっ！」

これまでにない刺激が脳天を貫いた。すぐ近くの、けれど違う場所に与えられるべきものだということがわかっているから、もどかしくて堪らない。

「欲しいんだろ？　本当はどこに欲しいか、言ってみろ」

貴也さんのものが花芯を焦らすように突く。

言うものかと口を閉ざすものの、口の端から漏れ出す音を止めることはできなかった。

……きっと、まだ五分くらいしか経ってない。

たった三十分のはずだったのに、まるでまだ一日あるような錯覚。ずっと続くくらいならいっそ……

だめ、耐えなきゃ。口を開けないようにすれば、少なくとも言葉にはならない。

「……だんまりか。受けて立つぜ、梢」

そしてしばらく時間が経過した。

「──意外と粘るな」

その言葉に私は答えない。

返事をしたら、もう貴也さんのペースに乗せられてしまう気がする。

「ま、まだなんですか」

だから逆に自分が尋ねることにした。

余計なこと言わない。ここまで頑張ったんだから、無駄にしちゃだめだ。

「まだじゃねぇの？」

そう言いながら貴也さんの舌先が花芯を掠める。

すっかり濡れた秘部は弄られすぎてじんじん痺れていた。

我慢のしすぎでおかしくなりそうだ。感じちゃいけないって思うほど、余計に感じてしまう気がする。

でもこの我慢ももうすぐ終わり。だって、もう結構時間が経ったはず。

「時計、見せてください……」

「見たってお前の負けだぞ？」

「あと五分くらいじゃないですか。耐えますよ、それくらい」

「仕方ねぇな」

……ん？　なんだろう、今ちょっとゾクッとした。何か大事なことを見落としている気がする。

あと少しのはず。それなのに貴也さんは余裕の笑みを浮かべて、私の負けを確信していた。

彼は身をよじってサイドテーブルから腕時計を取る。

時刻がわかるのに、なぜか嫌な予感がする。自ら懇願しておきながら、私の本能は見
るんじゃないと警鐘を鳴らす。

貴也さんは私の目を見て微笑むと、ゆっくり文字盤を私のほうに向けた。

それが示す時刻は、九時半のまま。

「言ったろ、俺の時計で十時までって」

してやったりと言いたげな貴也さんを見上げて、私は言葉を失った。

「だ、だ……騙したんですか！」

「人聞きの悪いこと言うなよ。ちゃんと俺の時計でつったろ」

「いや、詐欺です！　大嘘です！　無効です！」

「ヤクザに賭けを持ち掛けられた時点で怪しめよ。ま、そういう素直なところも可愛いんだが」

貴也さんは極めてヤクザらしく笑う。人を騙しておいてよくも……

「どうする？　この時計が十時になるまで我慢するか？　つっても、いつまでかかるんだろうな。もう限界だろ、梢」

「だから、動いてない時計なんて時計じゃないです！　こんな賭け無効です！」

「約束は約束だ。梢、諦めて楽しもうぜ」

うまいこと騙せて笑いが止まらないらしい貴也さんは、私のお腹を指先でそっとなぞる。

余裕綽々のその仕草に怒っているのに、体が勝手に快楽を感じて震えた。

「絶対、言わない！」

「じゃあ言わせるしかねぇな。一応言わせねぇと賭けが終わらねぇ」

そこで一瞬、貴也さんの纏う雰囲気が変わる。

「一応言っとくが、これまで俺が尋問して情報吐かなかった奴いねぇから。ヤクザとしての意地も見せねぇとな。女一人落とせねぇなんて、神木組の名折れだ」

「そ、そこまで言わなくても……」

「いや？　これは割とマジで言ってる。正直悔しい」

へぇ。それは私頑張ったんだな……じゃない！　これ絶対、貴也さんの変なスイッチ入れちゃったよね⁉　ていうか悔しいって一瞬認めませんでした？　本当は私賭けに勝ってるんじゃ……

いや、時計が動いていない以上、貴也さんの理論じゃ私に勝ちはない。それならもう言っといたほうがいい気がする。このまま意地張って我慢したら、ほんとにそのうち拷問みたいになる！

「私の負けでいいです！　欲しいって言いますから！」

「そうか。じゃあ完全に俺の勝ちだな」

……は？

貴也さんは満面の笑みを浮かべてサイドテーブルの上に置いてあったデジタル時計を手に取った。

その示す時刻は、九時五十八分ついでに四十三秒。電波時計だから、とても正確な時刻。

「……は？」

二度目の「は」はもはや口に出ていた。

「いい顔だな」

また貴也さんの纏う雰囲気がコロッと変わる。今度は私を甘やかすときの、優しくて甘いやつだ。

うっかり絆されそうになる自分が憎い。さすがにもう騙されないけどね！

「十時過ぎたら明日の擬似監禁はやめとこうと思ってたんだが、残念だったな梢」

「いや、この状況だから言ったんですよ!? っていうか、なんですか擬似監禁って！」

「ちょっと脚をどっかに繋いで両腕縛って、飯その他諸々の世話を全部俺がするだけだ」

むしろ楽でいいだろ……んなわけあるか！　精神の何かがゴリゴリ削れるだけです！

何が楽しいんですか、それ！

「俺のせいで酷い目に遭ってるのに、俺に頼らざるを得ない梢を愛でる。楽しそうだろ」

「変態！」

「虚勢張っても可愛いなお前」

「ほ、褒めてませんよね、それっ！」

恨みがましく睨むけど、むしろ喜ぶ貴也さん。

……性欲ヤバい人だっていうのは知っていたけれど、性癖までヤバかったっけ？　貴也さんってこんな人だったっけ？

「まあどうせ明日は壊れるギリギリまで壊すつもりだったし、どうせ何もできねぇよ」

いや、壊してますよねそれ。壊れてますよね私。

いい笑顔で頷かないでください貴也さん。

「諦めろ。滅茶苦茶可愛がるから、な？」

そう言って貴也さんは私の胸元に口付けを落とす。その表情があまりにも色っぽくて、不覚にもちょっとときめいた。

まずい。この状況なのに……

熱を纏った甘やかな視線に囚われる。貴也さんは私の唇にそっと口付けた。

「ふっ……ん……」

私の頬を両手で包みながら唇を塞ぐ。

そのキスは執拗で、私の口内深くに入り込み、歯列をなぞって舌先が口蓋を突く。

完全に頭が固定されて動けない。搦め捕られた舌に歯を立てられて、肩がびくっと震えた。

「息、できてるか？」

口を半分開けた私は、呆けたように貴也さんを見上げる。

彼は壊れ物でも扱うみたいに私の頭を撫でて額にかかった髪を払った。

「貴也……お願い……」

名前を呼ぶと、嬉しそうに笑う。

さっきからキスばかりされていて、一番疼く場所には触れられない。散々、我慢したのに。

「悪い。梢の顔が可愛すぎてご褒美を忘れてた」

貴也さんは最後だからと言って、軽く啄むようなキスを落とす。そして体を起こすと、私の脚の内側を指先で優しく撫でた。それだけで体が期待に震えて、中心が強く疼く。

「欲しがる顔も可愛いな」

「あんまり、見ないで……」

「見ないって選択肢がまずねぇだろ」

顎の下に指先を入れられて、軽く頭を上げられる。思わず唾を呑み込む動作をすると、貴也さんは満足げに笑った。

「十分だ」

そう言うと貴也さんは顎から手を離して、その手で入り口を広げる。空気が直に触れて全身の毛が逆立つのを感じた。

「ひゃうっ！　ああっ！」

次の瞬間、僅かに冷えた場所に熱い塊を押し付けられる。

その熱は焦らすようにゆっくりと中に入り込み、時折壁を上下に擦った。

「た、たかや……それだめ。おかしくなっちゃ……んんっ！」

その刹那、貴也さんの指先が花芯に触れる。掬い上げられた蜜を塗り込むような動きだ。

「おかしくなれ、梢。俺はお前の壊れる顔が見たい」

「や、だぁ……」

快楽から逃れることのできないこの状況でこの人に壊されてしまったら、私はどうなるのだろう。

今の時点でとっくにぐずぐずだ。これ以上は、引かれちゃうかもしれない。

「何心配してんだ。俺が見たいんだから、お前は安心して壊れてろ」

貴也さんはまだ挿れていなかった部分をグイッと奥に挿し込む。自分の中が貴也さんのもので満たされて、私はわけのわからない快楽と喜びを同時に感じていた。

「も、十分だから」

「何言ってんだ。おかしくなるのはこれからだろ」

「ひゃあっ！　やめ……まだ、動かさないでぇ！」

熱い、貴也さんのものが大きくゆっくりと動き始める。ギリギリまで引き抜かれたそれが、再びジリジリと私の中に入り込む。緩慢なようでいて、私が一番感じる場所では激しく動く。

それが執拗に繰り返されて、私の体は何度も達した。

そうして私が達するたびに、貴也さんの表情から余裕が消えていく。

「いいな、梢。やっぱりお前の中は最高に素直で、強欲だ」

そう言うと、彼は私の中から剛直を抜き去った。

体が唐突に消えてしまった熱を求めてひくつく。すぐに貴也さんは私の左脚の下に自分の脚を入れて、私の体を挟んだ。

そしてそのまま、貴也さんのものが再び私の中を満たす。

「ああっ！　す、ごい……奥にっ……」

先ほどよりも熱も質量も増したものが、これまで達したことのない奥深くに埋められた。

互いの体が密着しているのを感じる。

ピリピリと痺れるような快楽が全身を細波みたいに撫でて、少しずつ理性を削っていた。

「気持ちいいか？」

うっとりと目を細めて貴也さんが私を見下ろす。

私は熱にうかされながらこくりと頷いた。

気持ちよすぎてとっくにおかしくなっている。でもこんな風におかしくなることでさえ嬉しいのは、相手が貴也さんだからだ。

貴也さんは私の返事を見て、無言で自分の額に手を当てる。何かを考えているような動作だ。

「どう、したんですか」

「……こんな状態でそうも素直に頷かれると、やりすぎちまいそうだなと思ってな」

そう言いながらゆっくり腰を揺する。奥に先が触れるたびに快楽が体を貫いて、じくじくと疼く内側が締め付けを強めた。

子猫みたいな声が自分の口から漏れる。

頭の中をペンキで塗り潰されたみたいに何も考えられない。連続する快楽を止める術がなくて、誘われたように迫り上がってくる何かが溢れるのは時間の問題だ。

普段ならどうにかして鎮めるのに、それができない。既に何度も溢れて変になりそう。もうぐちゃぐちゃだ。

徐々に貴也さんの動きが速くなって、肌のぶつかり合う音が聞こえ始める。

連続して絶頂を迎え痙攣している私の下半身を、貴也さんは優しく撫でた。彼のせいでこんなにおかしくなったのに、その優しさで全てを許してしまいそうになる。欲情を秘めた瞳で愛おしげに見下ろされると、どうしようもないくらい喜びを感じてしまう。

でも、こんな物理的に捕まっている状況ですらそう感じるなんて、私けっこうおかしくなってる気がするな。

「もっと、おかしくしてやろうか？」

貴也さんはそう言って私の頬に触れる。みっともないところを見られたくないのに、半ば無意識に私は頷いていた。

‡　‡　‡

「――た、貴也さん……本当にやるんですか」

「男に二言はねぇぞ」

「……その二言はあっていいです」

現在、私は貴也さんに介助されながらお風呂に入っていた。

拘束されて好きにされるというなかなかハードなことをされ、疲れきった私は気絶するみたいに寝てしまったらしい。その間、手足の鎖は外してもらえていたみたいだけど、代わりに起きた瞬間、手錠をかけられた。

貴也さん、ヤクザだよね。なんで手錠持ってるんですか。お巡りさんの持ち物じゃないかな。

なんにせよ、使い方が間違っている気がしてならない！　どうして私は手錠をかけられたままお風呂に入っているのだろうか。

「これなくても、今日はここにいますよ？」

「お前を信用してないわけじゃねぇよ。でも、賭けに負けたのお前だろ？」

「……あんなのインチキです！　時計止めたら三十分も何もないじゃないですか！」

「これを機にヤクザに賭けを持ちかけられたら疑えばいい。ま、もう通じないだろうから同じ手は使わねぇが」

貴也さんは悪い笑みを浮かべて私の胸を指先でなぞった。それだけのことなのに体が勝手にピクッと震えて、濡れた声が自分の口から漏れる。

半開きになった口に貴也さんの指が入り込んで、私は蛇に絡み付かれた獲物みたいに身動きが取れなくなった。

「……あんまりごちゃごちゃ言うなら、本気で監禁するぞ」

いつもより低い声でそう囁かれて、私は反射的に首を横にブルブル振る。

貴也さんが監禁とか言うと、冗談に聞こえないんですって！

え、本気って言ってるんだから本気？　いやいや、冗談って言ってくださいよ……

「んん……ひゃっ！」

「用意はしてある。後はお前の同意があればすぐにでも楽しい監禁生活が始められるんだがな」

用意って、監禁の用意ってなんなんですか⁉　絶対に同意なんてしませんからね⁉

色々と言いたいのに、口に入れられた指が舌を押したり歯を撫でたりしてくるせいで何も言えない。

飲み込めない唾液がさっきから垂れて……な、舐めないで貴也さんっ！

お風呂なのに、気が休まるどころか、貴也さんが触れてくるせいで落ち着かない！

「んんっ！　ふぁへれ……」

「だめだ。今日一日、お前を俺の好きにするって決めたんだから」

貴也さんはそう言うなり、私の花芯に指先を伸ばして軽く弾いた。

「ふぁぁっ！　あっ……」

ピクピクと痙攣している私の体を優しく抱き止めると、さらに指先を奥に沈め、その反応を楽しむように襞をさする。

「そんなエロい顔されたら、もっとしてやりたくなる……鏡、見てみろよ」

熱を帯びた声に命じられて、私は横に見える大きな鏡を見た。

濡れてトロンとした瞳と目が合う。私の目だ。その後ろに映る男は鏡に映った私の瞳を見つめている。

「立て、梢」

貴也さんは私の口から指を抜くと、立ち上がって私の腕を掴んだ。引っ張り上げられるみたいにしてなんとか立ち上がったものの、ふらふらで足元が覚束ない。

「風呂の縁に手突いてろ」

「まって……まさか……」

正面に自分の姿を映している鏡がある。

貴也さんは私が尋ねる前にニッと微笑んで、背後から私の中に自身のものを突き立てた。

「やぁっ！」

私は咄嗟にお風呂の縁を掴んで倒れそうになるのを堪える。一応貴也さんの手が腰を掴んでいるけど、支えるというよりはより深くに剛直を沈めるためだ。

「あっ……ひゃう……」

腕がプルプル震えている。これ以上されたら、私……

「ほら、見てみろ」

貴也さんの指が顎の下に回されて、顔が持ち上げられる。そのせいで貴也さんの体がぴったりとくっ付いて、心臓があり得ないくらい脈打った。

鏡に映った自分の目は熱に浮かされていて、その上気した頬に貴也さんの指が僅かに食い込む。

「いつもはこの数倍エロい」

そう言うと彼はゆっくりと剛直を抜き去り、すぐにまた奥へ熱を叩き付ける。

濡れた音が浴室に響いて私の声と混じった。

「や……これ以上は……ふぁっ！」

まだ腕は疲れていないはずなのに、体を駆け巡る快楽のせいで勝手に力が抜けていく。もともと限界だった脚も震えていて、少しでも気を抜いたら崩れ落ちてしまいそうだ。けれど体は刺激を求めて疼き、貴也さんのものを離そうとしない。

「立ってるのもやっとなのに、お前の中は欲しがってるな」

貴也さんは低く笑うと強く脈打っている剛直を抜いた。

支えを失った私の体は貴也さんの腕に支えられながらも、お湯の中に沈んでいく。浴槽の縁に置いた手もずるりとお湯の中に入って、手錠の鎖がカチャリと音を立てた。

「ど、どうして……」

欲しいっていうのはわかっていたはずだし、貴也さんのものもまだその存在感を消していない。

「あのまま突きまくるのもいいが、それより俺は、お前のそのお預け食らった顔が見たかった。今日はいつでもできそうだしな」

彼は口の端を僅かに上げて熱っぽい瞳でこちらを見下ろすと、唇で私の耳に触れた。

「……続きは飯食ってから、たっぷり可愛がってやる」

ごはん食べてから可愛がる。確かに貴也さんはそんな感じのことを言った。

手錠をかけられているとはいえ、手は正面にあるのでごはんは普通に食べられるよね……そう思っていたのに。

貴也さんは最初、私の手錠の片方を外してちょっぴり期待を持たせてきた。けれど、すぐにその外したほうを私が座ってる椅子の背もたれにかけ、どこからかもう一個手錠を出してきて同じように逆の手も椅子の背もたれとくっ付ける。

つまり、私は目の前に並べられていく、もはやお昼ごはんな朝ごはんを自力では食べられない。犬みたいに顔からいけば食べられるかと思いきや、それなりに距離があって届かないし、そもそもやりたくない。

「あの、逃げたりしませんから、せめてさっきの状態に戻してくれませんか」

薄切りにしたバゲットの載ったお皿と、かぼちゃの冷製ポタージュを上機嫌に置く貴也さんにそう訴える。

さすがに目の前で美味しそうに食べて見せつけるなんてことを彼がするとは思いたく

ない。色々とされすぎて疲れてはいるけど、ちゃんとお腹は空いているんだから。

「これはお前の分だから安心しろ」

あ、食べられないわけじゃないんだ。じゃあなんで手を使えないようにしたんだろう……う、嫌な予感がする。

最後にフルーツが盛られたガラスの器を少し離れたところに置いた彼は、いつもの正面……ではなく、私の横の椅子に腰掛けた。

「言ったろ、食事その他諸々の世話を俺がするって」

「せ、世話……」

まさか、いやでも、わざわざそこまでする必要ありますかね？　お互い自分で食べたほうが効率的ではないでしょうか。

「効率？　どこに効率重視する必要があるんだよ」

そう言うなり、貴也さんはスプーンを手に取って美味しそうなかぼちゃのポタージュを掬う。そして自分の口にもっていく……わけがなかった。

「ほら、あーん」

こ、こんな状況で何カップルっぽくしてるんですか！　なんですか「あーん」って！貴也さんの口から「あーん」って！

ポタージュが少し首を伸ばせば届く距離にある。でも、素直にこれを口にしちゃっていいのか、羞恥心とか理性が邪魔してわからない。

というか、こういう「あーん」って女の私からやるものでは？　まあそのあたりは今どき時代錯誤なのかもだけど！　でも、手が使えない状態でされる「あーん」ってなんなの⁉

色々とわからず固まっていると、貴也さんは差し出していたスプーンを引っ込めて自分でそれを口にした。

続いてもう一口自分でポタージュを飲んで、スプーンを置く。

あれ？　これまさか拒否したから怒っちゃった？　でも不機嫌そうだけど、怒っているにしては違うような……って！

「貴也さんまさかっ……んんっ！」

そのまさかだった。

貴也さんは私の後頭部に腕を回してがっつりと私の頭を固定すると、唇を塞いで口の中にあったポタージュを私の口に流し込んだ。

かぼちゃのほっくり甘い味が口の中に広がる。味は美味しいな、なんて思えたのが救いだ。

さすがに出すわけにはいかないし、だいたい察することができたおかげかほんの少し覚悟はできていたので、私は大人しくそれを飲み込む。

　私がポタージュを飲み込んだのを見た彼は、さっきの不機嫌を一瞬で吹き飛ばして微笑んだ。

「なんだ、こっちが良かったのか。確かに悪くねぇな」

「ち、違います！　あーんで、あーんがいい……っ！」

　羞恥心とか尊厳とか色々かなぐり捨てて「あーん」がいいって言ったのに、貴也さんは再びポタージュを口に含んで私の口に直接流し込んできた。

　出すわけにもいかず、私はまたそれを飲み込む。

　美味しいんだけど、これなら普通にスプーンで掬ってもらうほうが味わえる……

「ちゃんとスプーンで食べれますから！」

「よく考えたらスープ系以外だとこれはやりづらいな。あーんは他でやればいいか」

　話を聞いて貴也さん！　変な方向に考えが飛んでしまった！　こんなことなら、さっきちゃんと「あーん」をされていれば……いや、今さらだけども！

「あーんがいいです！　そっちで食べさせてほしいです！」

「ああ、スープ以外も欲しいか。ほら、あーん」

　そう言って差し出されたのはちょうど一口くらいにちぎられたバゲットだ。いや、確かにこれをポタージュと同じ方法で食べさせられるのはさすがに抵抗あるから嫌だけど！　貴也さん話聞いてないですよね？　それかもうわざと無視してますね？

けどまあ、さっきのポタージュのことがあったから、もはやこの「あーん」を普通に受け入れる自分がいた。

「美味いか？」

ええと、バゲットもちゃんと美味しいですよ？　皮はぱりっとしてるし、バターの豊潤な香りがすごくいいです。でも、普通に、自分の手を使って食べたいのですが！　そっちのほうが美味しい！

「これだと貴也さん食べられないじゃないですか。味に集中できないなぁって。あとは自分で食べますから……」

「俺は後でいい。それより今はお前に餌付けしたい」

餌付けって言っちゃったよ！　私、オブラートに包みすぎましたね。言いますよ、はっきりと。

「自分で食べたいっ！」

「……は？　嫌に決まってるだろ。なんのために拘束してると思ってんだ」

なんのためにって、本気のトーンで言わないで！

「だから、俺のせいで酷い目に遭ってるのに、俺に頼らざるを得ない梢を愛でるためだ」

「変態！」

「昨日もあったな。このやりとり」

貴也さんはもはや私の言うことなんて気にせずに、ポタージュを口に含んで私の口に流し込んでいた。ポタージュの入っていた器がかなり綺麗になるまでそれは続いて、その精神的な疲労がお風呂でのそれを軽く上回る。

「おかわりいるか？」

「……遠慮しておきます」

これを遠慮したところで、まだバゲットとかサラダとかフルーツがあるのですが。ん？　待って。これまだ前菜レベルってこと……？

貴也さんのほうを見ると、彼はちょっと唇を尖らせながらも目は楽しそうに残りの料理を見ていた。

後日譚その2

さて、どうしようか。

鎖事件から数ヶ月後。私は久しく訪れていなかった百貨店のメンズ用品売り場を、あてもないこうでもないとうろうろしていた。

貴也さんに渡すクリスマスプレゼント、どうしよう。

最初は某通販サイトMitsurinで買おうかなと思っていたけど、家に届いちゃうし、どうせなら実物を見て選びたいと百貨店に来てみたのだけど……

正直なところ、貴也さんなんでも持ってるからなぁ。欲しいものとか、きっと自分で買っちゃうよね。

無難にネクタイとか財布とかかなって思うものの、既に高級品を持っていらっしゃる貴也さんに何をどう渡せと。

前に貰っていたお金は相変わらず手付かずで残してあるとはいえ、それでプレゼントを買うのは違う気がする。

どうしたものか。数があっても困らないものとかかな。

「……沢木か？　何してるんだ？」

ハンカチ売り場の前でうーんと唸っていると、唐突に声をかけられた。私はハッと顔を上げる。

「あ、只野部長」

いつの間にか横に立っていたのは会社の上司、只野部長だった。直属ではないけれど隣の部署の部長なので、何かとお世話になっている人だ。

まさかこんなところで会うなんて。休日だし部長もお買い物かな……おっと、片手に持っている小さい紙袋、アクセサリーの有名ブランドのだ。そういえば、相田さんが只野部長の奥さんは滅茶苦茶美人らしいって、誰の得になるのかわからない情報をくれた。

「奥様へのプレゼントですか？」

「いや、チェーンが切れて修理に出したから取ってこいと言われたんだ。そういう沢木こそ、メンズの売り場で何してるんだ？」

あ、それはそうだよね。気にしますよね。

「ええと、私はプレゼントを買いに」

「彼氏か？……おっと、今どきこういうのはセクハラだって言われるな」

「それくらいなら気にしませんよ」

……よく考えると、彼氏だとかそういう人に何かプレゼントするのは初めてだ。あんまり意識してなかったけど、彼氏なんだよね、貴也さん。

「あの、こんなこと部長にお尋ねすることではないと思いますが、部長が貰って嬉しいものってなんでしょうか」

「俺か？　俺は貰えればなんでも嬉しいが……いや、使い所のわからんものは困るな」

「具体的には」

「魔除け(まよ)とかいう五十センチくらいある置き物。あと身長くらいあるでかいクッション」

滅茶苦茶具体的な回答だった。さては実話ですか部長。

「まあこの辺のハンカチとかなら使いやすいしいいんじゃないか？」

やっぱりそうですよね。シルクとか、良さげなの探してみようかな。

「それか食品もいいぞ。困ることはないからな」

「あ、それいいですね。お酒とかも……あ、でもお酒はあんまり詳しくないからやめといたほうがいいかな」

「彼氏は酒好きなのか？」

「はい」

貴也さんは結構お酒好きらしく、部屋でもたまに日本酒とかウィスキーを飲んでいる。私はあんまり強くないから飲まないけど。

「……今ちょうど暇だから選ぶの付き合ってやろうか？」

部長は腕時計のクリーニング中で、それが終わるまで時間があるとのこと。

確かに、お酒の味がわかる人に見てほしいかも。どれが美味しいとか知らないし。

地下にお酒売り場があるとのことで、せっかくだからお願いすることにする。

そしてアドバイスを頂きつつ、日本酒と初心者でも飲みやすいというスパークリングワインに決めて、お礼に部長にはお茶をご馳走した。

とはいえ共通の話題があるわけじゃないから、完全に仕事の打ち合わせになる。

なぜ私は休日に仕事の書類の心配をしているんだろうなんて、考えたら負けだ。うん。部長も悪い人じゃないし、有意義といえば有意義な時間だった。

……とまあ、これだけのことだったんだけど。

そんなこんなで帰宅すると、なぜか貴也さんが腕組みして立ってた。

「た、ただいま。貴也さん……」

んん？　貴也さんがなぜか不機嫌そうなんですが。そして妙に距離が近いのですが。

気まずくてとりあえずついでに百貨店で買ってきた夕飯の材料を机に置く。すると、後ろから突然伸びてきた貴也さんの腕に囲われてしまった。

「あの、どうしたんですか」

背後の貴也さんの表情はわからない。返事もなくてちょっと怖い。

「まだそんな時間じゃない、ですよね？」

ピリッとした雰囲気の中には確かに熱があった。焦げそうなくらい熱いそれは、貴也さんから放たれている。

「夕ごはん、作ろうかなと思うのですが」

買い物袋の中には生ものもいくつか入ってる。

もし貴也さんが今からしたいんだったら、それらのものを冷蔵庫に入れたい。

「とりあえずお刺身だけでも冷蔵庫に入れていいですか」

やんわりと腕をどかそうとすると、貴也さんは腕をどかしてくれるどころか、無言のまま私を机に押し付けてきた。

「ど、どうしたんですか?」

距離が近い。いや、この程度の距離は今さらだけど、雰囲気がおかしい。こんな、触れたら破れそうな熱を、私は知らない。

オタオタする私を見下ろしながら、貴也さんは大きく息を吐く。

「あの男、誰だ」

……へ?

「あの男って、言われましても……」

誰のことでしょうか。帰ってくる途中に見かけたナンパの兄ちゃん? 当然ですが避けましたよ?

「百貨店でしゃべってたろ」

「え……只野部長ですか」

百貨店で話したのは店員さん以外だと部長しかいない。

どうして知ってるんですか。

「……護衛くらい付けるに決まってんだろ」

「いつの間に⁉」

「お前が襲われた日からずっと付けてる」

知らないほうが幸せだったかもしれない事実だ。でも、貴也さんの立場とか金谷さんのこととか、色々考えると必要なんだろうなとは思うから、やめてとは言えない。

「何かあってからじゃ遅いだろうが」

「はい……」

まだ仕事を続けているのは私の我儘だ。心配かけているのはわかるから素直に頷く。

「で？　その部長とどうして仕事でもねぇのに一緒にいたんだ？」

「それは、たまたま会って、貴也さんへ贈るのにおすすめのお酒を教えてもらっただけです」

ま、まさか浮気とか疑われてるの？　この誤解は、色々とまずい！

「只野部長はただの部長ですよ？　しかも隣の部署の人で、既婚者です！　奥さんとっても美人らしいです！」

だから私なんて部長の眼中にありませんよ、と伝えると、むしろより強く机に押し付けられることになった。なぜ？

「酒なら、俺が教えてやる」

「ひっ」

変な声が出た。み、耳元で言うのやめてくれませんか……

貴也さんは腕を私の首に回してゆっくりと耳殻をなぞる。その手つきが妙に色っぽくて、私は自分の膝からがくっと力が抜けるのを感じた。

「た、貴也さん……」

「あと、お前に興味ないってのも、それはそれでムカつく」

いや、興味なくていいです。ムカつかないで貴也さん。

「……あのな、梢。俺はお前が選んでくれたもんなら、なんでもいいんだよ」

貴也さんはため息をつきながら私の体を起こしてくれた。振り返ってその表情を見たとき、私は理解する。

不機嫌だった理由って、プレゼント選ぶのを部長に手伝ってもらったから？

恐る恐るそう尋ねると貴也さんは頷(うなず)いた。

「半分はそうだ」

「半分、ですか？」

じゃあもう半分はなんでしょうか。そう尋ねたほうがいいのか、私は大いに悩んだ。

「とりあえず、お刺身冷蔵庫入れてきますね」

いったん逃げよう。お刺身その他諸々(もろもろ)の食材は無実だから避難させて……え、なんで私の腕を掴むんですか貴也さん。ついでに顔も近いです。

「すぐ終わらせる」

終わらせるって何を……と言う前に、言葉が貴也さんの口の中に吸い込まれて消えた。唇が触れて、貴也さんの貪るような口付けを受ける。

「は……んんっ……」

舌を絡め取られて呼吸がうまくできない。口の端からどちらのものかもわからない唾液が溢れていった。

離してほしいと背中を叩いたのに、貴也さんは腕を緩めるどころかよりきつく私を抱き締めて口付けを深める。

同時に私の心臓が跳ねて、体の芯がきゅっと疼くのを感じた。

抱き締められて口付けをされるだけで、こんなにも期待してしまう。私はすっかりこの人に染められているらしい。

「俺だけ見てろ、梢」

貴也さんは私の背後に回していた手を下げてスカートをたくし上げると、ショーツの縁に指を引っ掛けた。

そのままずるりと引き下げられて、半分くらい自分の尻が露わになる。

「ま、待って……」

「もう濡れてるぞ？」

そう言って貴也さんは膝の下までショーツを下ろし、自らの猛(たけ)りを服越しに押し付けた。

「ひゃっ……」

体の奥がぞわぞわして、全身が燃えているみたいに熱い。私はこのまま溶(と)けてしまうんじゃないかと思った。

「嫌なのか？」

耳たぶにキスするように貴也さんが囁(ささや)く。すっかり耳に馴染(なじ)んだ低い声が私の脳に染み込んで、私はゆっくり首を横に振った。

嫌じゃ、ない。むしろ私の体は貴也さんから与えられる甘やかな刺激を貪欲に欲している。

私はずり下げられたショーツを完全に脱ぎ捨てた。そして僅(わず)かに震えている手で、貴也さんのズボンのベルトを外す。

貴也さんはその間に私のブラウスのボタンを外し、胸の中央に唇を近付けて柔く歯を立てた。じわりと痛むけれど、その熱が心地よくて思わず私は手を止める。

「貴也……もっとほしい」

「こういうときだけだな。お前が俺を貴也って呼んでくれるの」

「普段は、慣れなくて……」

呼びたくないわけじゃない。でも私の中で普段の貴也さんは、貴也さんだから。

「じゃあいっつもこうしてりゃ、ずっとそう呼んでくれるのか」

「そう、かも……んんっ！」

貴也さんの指先がキスだけで濡れた私の中に入り込む。くちゅりと指先が回されて、私の膝から力が抜けた。がくりと倒れそうになった私を貴也さんが支えてくれる。彼の肩に顔を埋めるみたいにして私はなんとか立っていた。

「俺はな、お前の口から他の男の名前が出るだけでも嫌なんだ。せめて俺の名前くらい呼んでくれ」

埋められていた指が抜かれて次は花芯に触れた。電流が流れたみたいにビリビリ痺れて、私は貴也さんに縋り付く。

「あんまり俺を妬かせるな、梢」

「やか、せる……？」

「嫉妬させんなってことだよ」

貴也さんは私の体を起こして壁に押し付ける。片方の脚を持ち上げられて、いつの間にかくつろげられていた貴也さんのものが私の中に押し込められた。

「ひぁっ！　だめ……んんっ！」

びくりと体が震えて、灼熱をきゅっと締め付ける。

片脚だけが床についているからか震えが収まらず、私は貴也さんの首に腕を回して倒れないようにするので精一杯だった。

それなのに貴也さんはゆっくりと腰を揺すってさらに刺激を与えてくる。

「あっ、あんっ」

ズプズプと何度も抜き差しを繰り返されて、私の中はますます締め付けを強める。

お互いの熱で溶け合って、一つになっているような気がする。

「やっぱお前はめちゃくちゃ可愛い。梢、もっと見せろ」

「こ、これ以上はっ……ひゃうっ！」

いつもそうだ。こうしてお互いの体を重ねているうちに、私のほうがおかしくなってしまう。

でもそれはすごく気持ち良くて、私の体はそれを求めていた。

すぐ終わらせるって貴也さんは言ったけど、ピクピク痙攣する体はどうしたってこれが終わった後には使いものにならなくなるのだろうな。

「夕飯はあとでゆっくり食うか。悪いな梢、買ってきてくれたのに」

貴也さんは申し訳なさそうにそう言うけれど、動きを止めるつもりはないらしく、言っている間にも何度も奥を突いて私の体を震わせた。

やがて動きは止まって、彼が私を後ろから抱き締める。

「……なあ、どっか出かけねぇか」

繋がったまま、貴也さんがぽつりと呟いた。

「俺はお前の体が好きだ。でもな、それと同じくらい、それ以上にお前が大事で優しくしたい。ここ以外でもお前と一緒にいたいし、一瞬でも離したくない。買い物だってお前と行ったら絶対楽しいんだろうなって思う」

「それは、私も貴也さんとお出かけしたいですけど……」

でも、どこかにひょいと出かけるには貴也さんの風貌はけっこう目立つ。少なくとも近場は難しい。実際、今日行った百貨店には部長がいた。

「お前に飽きることはねぇが、ずっとここか、たまにホテルじゃ芸がねぇだろ」

「じゃあ旅行、行きたいです」

「そうだな。行きたいところはあるか？」

うーん、旅行って言ってみたはいいけど、行き先は考えていなかった。

「……今のところは、特に浮かばないです」

元々が積極的に旅行するタイプじゃないからなぁ。非現実を求める……といっても、今のこの状況がそもそも非現実的だから。

「ごめんなさい」

「謝ることじゃねぇだろ。まあ、俺もお前といるってのは未だに信じられねぇんだけどな」

貴也さんは目を細めて私を見ている。ちょっと恥ずかしいのにそれ以上に嬉しくて、私も貴也さんを見つめた。

「……事務所来るか？」

「え？」

唐突に、貴也さんはそう言った。

「仕事はまだ辞めませんよ？」

一応これは毎回申し上げているものの、貴也さんはなかなか諦めてくれない。まあ最近は色々あって言われなくなってたんだけど。それはまた別の話だ。

「それは今はいい」

貴也さんはやれやれとため息をついた。

「まあとにかく、違う場所ではあるだろ」

……確かに知らない場所へのお出かけですけど、なぜそれをチョイスしたんですか。

「最近書類仕事が多くてな。デスクワークは性(しょう)に合わねぇ。お前がいてくれりゃ少しは楽しいかもしれねぇと思った」

そういえば、前にそう言ってたなぁ。腕っぷしだけじゃどうにもならないこともあるよね。

いや、だからってほいほいそんなところに行く勇気はありませんよ？　有休消化して社会見学……まあ、興味がないと言ったら嘘になりますが……

「本当の目的はなんですか」

「……事務所でヤるのも悪くねぇな、と」

やはりそれが本音か。

「半分冗談だ」

「半分は本気なんですね」

「できる限り一緒にいたいからな。また今日みたいなことがあるかもしれねぇし」

今日みたいなことって……いや、あれはたまたまなんですが。

部長と百貨店でたまたま会ってプレゼントのアドバイスをいただいたことですよね。

そう言うと、貴也さんは少し拗ねた顔になる。

「たまたまでも嫌なもんは嫌なんだよ」

「いやあの、職場の上司ですよ？　全くもってそんなことは一切起こりませんから」

「起こってたら今頃沈めてる」

……どこに何を沈めるのでしょう。むしろ鎮まるべきは貴也さんですよ。落ち着いてください。

そしてそろそろ自由にして欲しいのですが。

「私、いつまでこの体勢でいればいいんでしょうか」

「俺以外の男のことを考えなくなるまで、だな」

ん？　それはつまり、さっき私がちらっと職場の上司とかいう単語出しちゃったことについてですか……？

恐る恐るそう尋ねると貴也さんは不満げに頷いた。

これは、まだ続くんですか。

限界、というわけじゃないけど……むしろ体は求めてるっぽいけど……！

「んっ！」

貴也さんは私の腰に腕を回すと、ゆっくり自分のほうへ引いた。同時に耳元に口付けを落とされて、私はあっさりと体を預ける。

「確かにプレゼントは嬉しいが、お前がいればそれで十分だ」

優しく囁かれたそれに、確かに貴也さんならそうなのだろうと私は頷いた。

後日譚その3

「――ん……」

目を開けると、目の前に赤色の絨毯が飛び込んできた。ここはどこなんだろう。何があったのか思い出さなきゃいけないのに、頭がふわふわして何も考えられない。

「大丈夫か？」

なんとか体を支えて起き上がろうとしたら、後ろから優しく肩を叩かれる。

「貴也さん、ここって……」

「わからねぇ。閉じ込められた……にしては妙な部屋だな」

私はゆっくり首を動かして辺りを見る。確かに変な感じのする部屋だ。

窓も何もなくて、天井にも壁にも電灯らしきものが一つもないのに部屋全体がちゃんと明るい。

きっちり正方形の部屋にドアが一つあるだけ。それ以外は何もなくて、ホコリ一つ落ちていない。

不気味なくらいに何もない部屋だ。

「そこのドアは閉まってるんですか？」

「いや、俺も今起きたばっかりなんだ。待ってろ」

そう言って貴也さんは慎重にドアに近付いていってゆっくりとノブを回した。しばらく力を入れて押したり引いたりして、やれやれと首を振る。

「開いてねぇな。ブチ破ろうにもかなり頑丈な造りだから無理だ」

起き上がれた私も試しにドアを開けようとしてみたけど、力一杯押しても微動だにしなかった。よく見ると壁は大理石で、人の手でどうにかなる代物(しろもの)ではない。

もしかして横にスライドさせるのかななんて考えて、もう一度ドアノブに手を伸ばす。

そのとき、金属製の扉に何かが映った。

『@€しな$と出？　れな&部屋』

文字化けなのか、不気味なそれはここが何かの部屋だと言っている。しな、と出……？

部屋？

「〇〇しないと出られない部屋？」

最初だけはどうしてもわからない。でもたぶんこれで合っていると思う。

「わかるのか？」

「え、わかるというか、なんというか……」

こういうのネットで見たことがある。でも、それはあくまで漫画とかの話で、まさか自分がこんな悪い冗談みたいな展開に遭遇するなんて一ミリも考えたことがなかった。

「何か特定のことをしないと出られない部屋ってことです」

「まあ字面的にそうなんだろうが、具体的に何をすればこれが開くんだ？」

「肝心なところが完全に文字化けしてるので。よくあるのが……」

私はそこで口に出しかけた言葉を引っ込める。

ここで問題。密室に閉じ込められた男女。男のほうは貴也さん。さあどうなるでしょう？

「どうした？」

貴也さんは真剣な表情で私の顔を覗き込む。だめだ、直視できない。

こんな状況で言うの？　キスしたら開くかも……って。もし違ったら恥ずかしすぎる。

この状況でキスしたいと思っているみたいにならない？

あとついでに貴也さんに毒されすぎて、キスの先に思考がいってしまったって事実が辛い。

どうしようとあれこれ考えていると、なぜか貴也さんがちょっと悪い笑みを浮かべた。

「……お前がそういう顔するのって、エロいこと考えてるときなんだよな」

「え？　ま、まさかぁ……」

そういう顔ってどういう顔ですか。

そう尋ねたくなるものの、私の背筋はゾクッとする。寒気を感じたことも貴也さんはお見通しらしい。

「言ってみろ、梢。どうすれば俺らはここから出られるんだ？」

じりじりと距離を詰められて、私は思わず一歩後退る。

あの、この状況でどうして変なスイッチ入っちゃったんですか。一応閉じ込められているんですよね私たち。

「内側から開ける方法がない以上、できることは試しとくべきだろ?」

「そ、そうですけど……でも」

背中に硬いものがぶつかる。

壁際に追い詰められた私は、いい笑みを浮かべる貴也さんを見上げることしかできなかった。

「壁あったほうが楽だよな。念のため服は着たまま……」

「キ、キスで開くかもしれないなって! よくあるんですよ、そういうパターン!」

ええい、この状況で貴也さんのスイッチが本格的に切り替わってしまうより目先の恥! 違ったらたぶん決定的な間違いをしてるってことになるから、そっちの方向ではなかったということで! 諦めて一緒に餓死しましょう!

「そういうパターンってどういうパターンだよ」

貴也さんは若干? 興が冷めたらしい。ちょっと呆れた顔をしたあと、おもむろに私の頭の後ろに手を回して優しく私を引き寄せる。

一瞬だけ唇が触れた。

そのまま黙って見つめ合うこと数十秒。カチャリと音がして扉がひとりでに開いた。

「……開きましたね」

「……そうだな」

私の中でまさか本当に開くとは思わなかったという驚きと、◯◯しないと出られない部屋なんてものが存在したことに対する驚きがごちゃまぜになる。しばらく開いている扉を茫然と眺めていた。

「いつ閉まるかわからねぇし、とりあえず出とくか」

「そうですね」

こんな何もない部屋にいてもらちが明かない。むしろぼんやりしている間に再び閉まって、本当に出られなくなるほうがまずい気がした。

私が扉を支えている間に貴也さんが次の部屋に入って怪しいものがないか確認する。

どうやらこの部屋を出ても同じような造りの部屋でしかないらしい。

とりあえず目に見える危険はなさそうだと、私も次の部屋に入った。

念のために手でドアノブを持ったままにしようとしていたが、私の体が全て次の部屋に移動した瞬間にすさまじい勢いで扉が閉まる。

バタンと大きな音がして、私と貴也さんは再び同じ状況に陥っていた。

正面に扉があって、また何やら文字が浮かんでいる。

「次は何すればいいんだ？」

貴也さんはもはやこの状況を若干楽しんでいるのか、私の手を引きながら閉じた扉に近付いてノブに手をかける。

当然扉は開かず、代わりにまた文字が現れた。

『互いの好きなところを十個言うまで出られない部屋』

今度は文字化けしていなかった。そしてよかった、まともなお題で。

「なんだ、簡単じゃねーか」

まともなお題に対し、なぜかつまらなさそうな貴也さん。簡単でいいじゃないですか。

この扉が開いたら外でありますようにと全力で祈っていると、貴也さんが突然私を抱き寄せた。

「じゃあ俺からだ。一緒にいると落ち着く、素直なところ」

貴也さんは指を折りながらお題を言い始める。うーん、意外と恥ずかしいな、これ。

「髪の匂い、イってる顔が可愛い」

……ん？　え……ちょ……

「たまーに梢のほうから誘ってくるとき、今日はしないのかって顔で若干恥ずかしそうに見てくるのが可愛すぎてむしろ焦らしたくなる」

なんか妙に具体的！　そしてかなり恥ずかしい！

「新しいのを試すときにも最近は満更でもなさそうに……」

やめて！　もうやめてっ！

「ちょっ……ストップ！　一旦ストップ！」

私は思わず貴也さんの口を塞いで続きを止める。この状況で十個言うって、つまり誰かが聞いているわけだよね？　言わなきゃいけないのはわかるけど、もっと他にないんですか⁉　普通の、なんていうか普通のやつ！

「なんだよ、俺にとっちゃどんな梢もエロくて可愛いんだ」

さすが貴也さん。どんな状況でもブレない。ブレなさすぎる。

「あと四個か？　普通のっつってもな……ああそうだ、飯が美味い。この前の角煮美味かったからまた作ってくれ」

「は、はい。いい豚肉見かけたら作ります」

そうですそういうのです。そして嬉しいです。

うんうんと頷いて次の言葉を待つ。少しでも安心した私がいけなかった。

「寝てるときにくっついてくるところ。奥に挿れたときの締め付け方と顔」

だっ、だからそういうのは恥ずかしいからやめて……。

「あと恥ずかしがってる顔が滅茶苦茶唆る。こんなもんか？」

そう言って貴也さんは私の耳を優しく噛む。こんな状況なのに、私の喉は勝手に震えた。

「ここ最近で一番唆る顔してるな。ここ出た後が楽しみだ」

貴也さんは悪戯っぽく笑う。うん、まあ出た後なら……って、私もだいぶ貴也さんに毒されている気がする。いや、毒されている！

「次は梢の番だろ？」

早く言えと促すように、貴也さんは私を抱き締める力を強める。

貴也さんの好きなところ……もちろん貴也さんのことは好きだから十個くらいすぐ出てくる……出てくる……はず。

「や、優しいところ。素直……というかはっきりしてるところ、美味しいってごはん食べてくれるところ、えっと……」

好きなところなんていっぱいあるものだと思ってたけど、貴也さんが変なことしか言わないせいで思考が変な方向に行っている！

「思い浮かんだやつを言えばいいだろ？」

思い浮かんだやつ……うう、これ言うの？　駄目だ一回頭に浮かんだら別のが浮かばない……言葉になると余計に恥ずかしすぎる。え？　これ言うの？

「し、してくれるときの……な……が好き」

「あんまり小さい声じゃカウントされねぇんじゃないか？」

わかってますけど……って、貴也さん明らかに楽しんでる顔してる！

「してくれるときの、気持ちよさそうな顔が、好き」

何言ってんの私。

貴也さんの腕から力が抜けて、私は貴也さんの腕の間を抜けてちょっと距離を取る。

そして貴也さん、その顔はどういう表情ですか。

豆鉄砲食らった鳩（はと）みたいな、キョトンとした顔。

「えーっと？」

「……気にするな。まだ四個目だろ」

「え？　はい……」

そうだあと六個。ただでさえ動きの悪い脳が貴也さんのせいで余計に働いてない。

貴也さんのいいところ、いいところ……

「背が高い」

「ああ」

「筋肉質」

「おお」

「脚長い」

「全部ただの身体的特徴じゃねぇか。それは好きなところなのか？」

確かに。貴也さんのいいところではあるけど、これは私が貴也さんのことを好きな理由じゃない。

「まさか十個もねぇのか？」

うっ、図星。

貴也さんのことは好きだけど、そんなポンポン浮かばないというか……良い悪い全部含めて好きってことじゃダメですか。

「ダメってことはないが……ま、浮かばねぇなら浮かばせるしかねぇよな」

「……浮かばせる？」

例の如く嫌な予感がする。

「何されるのが好きか、梢の場合、体のほうが素直だろ？」

いい笑みを浮かべる貴也さんは相変わらずの通常運転。

ちょっとだけ取っていた距離はすぐに詰められて、貴也さんの手が太腿に伸ばされる。

別に嫌とかそんなことはないし、貴也さんとするのは好きだけど……さすがにこんなよくわからないところでするのは怖いというか、そもそもカウントされるシステムがある時点で誰かに見られているようにしか思えないんですが。

ええい、働け私の頭！

「終わったあと甘やかしてくれるとき！　逆にキスのときは甘えてくるところ！　私の好きな場所をわかってるところ！　たまに私が早く起きたときに見れる寝顔！　抱き締めてくれるとき！」

ああ全部体関係っ！　私も完全に人のこと言えない！

でもとにかくこれで十個言ったよね？　あれ？　鍵の開いた感じがしない。まさか足りてない？

貴也さんは数えていなかったのかと思って見上げると、なぜかまた表情が固まっていた。

とにかく、今のうちに次！

「腕っ節が強くて頼りになるところ！」

あれ？　これはまともな内容だ。

落ち着いて考えると、私のことを好きでいてくれるとか、家事を手伝ってくれるとか、色々あったのでは……？

そんな後悔をしている間にカチャリと音がして鍵が開いた。

「貴也さん、開いたみたいですよ？」

気付いていなさそうだから声をかけてみたものの、返事がない。

おかしいな……ん？

貴也さんの耳が若干赤い。

「もしかして照れてるんですか？」

冗談めかしてそう尋ねると、貴也さんはふっと笑った。

何かを認めたようなその表情はなんとも色気が……って、私、何やら壁際に追い込まれている。待ってください貴也さん！　扉開いたんですよ！

「煽(あお)った梢が悪い」

「煽(あお)ってないです！」

「もう遅ぇよ」

スイッチが入ってしまった。

別に嫌じゃないけど、嫌じゃないけども！　駄目だ恥ずかしい！

貴也さんの手が服の下に入り込む。それとほぼ同じくらいのタイミングで咄嗟(とっさ)に伸ばした手がドアノブに届いた。押されるがままに扉が開いて、私と貴也さんの体が次の部屋に倒れ込む。

「大丈夫か？」

倒れる直前に貴也さんが支えてくれたおかげで、軽く尻餅(しりもち)をついた程度の私は痛くはない。

お礼を言うべきなのか。でも、そもそも貴也さんのせいでは……と悩みつつ起き上がろうとしたときだった。なぜかひょいっと抱き上げられて、すぐに柔らかい何かの上に落とされる。

そこは柔らかな革張りのソファーの上だ。

そして貴也さんの顔が頭上に。あれ？　これまさか……

「『どちらかがイくまで出られない部屋』だとさ」

「いつの間にお題を確認したんですか」

……そんな的外れな質問をしてしまうくらいには、私は動揺していた。

「それに、そもそもイったとかってどうやって確認するんですか！」

「……さっきまでの部屋も確かにちゃんとお題をクリアしてから開いたからな。何かしらの方法で確認してんだろ」

いやいや、それ怖いじゃないですか。誰かが監視していないとそんなことできないですよね？　誰かが見てるってことですよね？

「安心しろ。仮に誰かが見ているとしても、そいつのことは二、三発ぶん殴って余計なことするようだったら海にでも捨てる。見た感じこの部屋もこれまでと同じで何もしなけりゃ何も起こらないままだ」

仲良く餓死するかと言われてしまい、私に返す言葉はなかった。

今のところお題通りのことをしていけば扉が開く。敵意とか恨みとか嫌がらせとか、そんな感じもしない。まるでそういう世界に放り込まれたみたいに、不気味だけどお題に従っていくしかないということは、本能のようなものでわかっていた。

「万一何かあってもお前のことは絶対守る。だから梢はとりあえず部屋の指示通りにしとけばいい」

「う、うん」

不安は拭(ぬぐ)えないものの、とにかくお題通り動くしかないんだ。……いや、でもこの場合のお題通りって……

「とりあえずイくのは梢でいいな？」

まあお題は「どちらかが」だもんね。どっちかがどっちかをイかせないといけないのは理解したけど……したけど……

「それともお前がイかせてくれるか？　梢の手でヤられるんなら悪くねぇ」

貴也さんは唆(そそのか)すように私の掌(てのひら)をなぞり、そのまま手首を掴んで引いた。布越しに指先が彼のものに触れる。思わず手を離そうとしたのに、がっちりと動きを封じられ、むしろよりはっきり触れることになった。

「正直梢がしてくれるんならそれだけで興奮する。存外早く終わるかもな」

完全に面白がっている貴也さんの顔は、とても悪い人でした……

私が貴也さんをイかせる。それはつまり、私が貴也さんのあれそれをどうにかこうにかするわけだよね。まあ普段は私ばっかりしてもらってるけど……でも私に貴也さんを満足させられるだけのスキルがあるだろうか。

返答に詰(つ)まっていると、貴也さんが手を離した。

どうするのかと思っている間に、その手は私の服の下にするりと入り込んで、慣れた手つきで入り口を広げる。

「んっ！」

「もう濡れてるな。もう少し……ここか」

そう言って貴也さんは指先で蕾（つぼみ）を軽く潰す。快楽が脳を貫（つらぬ）いて体を勝手に震わせた。

「あっ……」

クチュリと水音がして力が抜けていく。

撫（な）でるように動く指先が、私の弱い部分に触れるときだけ僅（わず）かに動きを大きくして内側を激しく乱す。私の体を熟知した無駄のない動きだ。

奥まで差し込まれた指の腹で押されて、突かれて、擦（こす）られて。やがて増やされた指に内側を広げられた私は、みっともなく喘（あえ）いで貴也さんに笑われた。

こんなの、すぐイっちゃう。

もっと激しく動かされたらもう耐えきれない。

「んん」

このままイってしまえば扉は開く。そもそもそれが目的なんだから大人しく快楽に身を委（ゆだ）ねればいいのだろう。

でも中途半端に残っている理性が邪魔をしていた。それが煩（わずら）わしい。

　貴也さんが内側を乱すと同時に蕾を指先で弾く。

　私は声にならない嬌声を上げてその刺激を受け止める。あともう少し。頭の中に白く霞がかって、何も見えなくなるのも時間の問題だ。

　無駄とわかりながら来る刺激に備えた。

　けれど続きは始まらない。

　徐々に戻ってきた意識と貴也さんの視線が絡まる。彼は唇の端を僅かに上げて、試すように私を見ていた。

「こういう機会でもねぇと試せねぇかなと思ってな」

　そう言って貴也さんはおもむろにスラックスをくつろげる。赤黒く屹立したものが間から伸びていて、私は思わず短く悲鳴を上げた。

「別に見るのは初めてじゃねぇだろ？」

「そ、うですけど……」

　驚いたのはそれの質量が、私が想像していた以上だったせいだ。こんなのが行為のたびに私の中に入っていたのかと考えると、急に怖くなった。

　貴也さんは私の反応に苦笑しながら、その先端で秘所に触れる。その熱に私の体は反応したものの、全てをさらっていくような快感には至らない。

　ぼんやりとしている間に体を起こされて、隣に貴也さんが腰掛けた。

「梢、さっきの返事をくれ。お前が、イかせてくれるか?」

彼は私の手を掴んで、私に自身のものを掴ませる。

皮の奥に熱い芯のようなものがあって、それが力強く脈を打っていた。

「でも、私……」

こんなふうに男の人のものに触れたことはない。どうすればいいのかもわからないのに、もし下手で貴也さんの気を削いでしまったら? 嫌だって思われたら?

「大丈夫だ。俺は梢になら何されてもいい」

貴也さんはそう言って私の手を握る手に力を込める。私の手の甲と貴也さんの掌がより密着して、その瞬間に手の中の熱が増した気がした。

よりはっきりと形がわかり、私は思わず手を離してしまう。

「す、すみません。びっくりして……」

とりあえず落ち着かなきゃと思うのに、はっきりとあの感触が残っていて、思わず手を握る。

咄嗟に謝っちゃったけど、こんなの嫌って言ったようなものだよね。

嫌とかそんなのじゃなくて、心の準備の問題で……とか言ったところで言い訳っぽいかな。

ところが、そんな不安は貴也さんの表情を見たらどこかに飛んで消えていった。

新しい玩具を見つけたみたいな、そんな顔。

「無理にする必要はねぇよ。むしろ、色々教えられそうで楽しみだ」

色々教えるって何!? 貴也さんが言うと怖い！ だって私の新しい扉を開いて……ない！ 別に拘束されたのが意外とよかったとかそんなの、思ってませんから！ ……たぶん。

……でも。

ちらっと貴也さんのものを見る。

私はいつも与えられてばかりだ。もしこれで喜んでくれるなら、私だって彼に喜んでほしい。

「……梢？ 無理そうなら言ってくれりゃあ無理強い（むりじ）はしねぇよ」

固まっている私に、貴也さんが心配そうに声をかけてくれる。

その優しさに応えたいと思った。

私はゆっくり膝をついて貴也さんのものに手を伸ばす。そして掌（てのひら）でそっと包み込んだとき、貴也さんの表情が変わった。

「梢がしてくれるのか？」

試すようにそう問いかけて、頷（うなず）いた私の頭に手を乗せた。

「じゃあ、頼む」

やろうという決心はついたけど、どうすればいいんだろう。

とりあえずあんまり強くするのはいけない気がするから、撫でるように掌を上下に動かす。

繰り返しているうちに少しずつ硬度が増してきて、完全に屹立したものが目の前にあった。

でも、この部屋の扉が開く条件はどちらかがイくこと。勃たせることはできても、今のままではそれ以上は難しそうだ。

「……やっぱ自分でやるのとは大違いだ」

貴也さんは目を細めて私の手の動きを感じているみたいだった。珍しいことをしているせいで楽しそうではあるけど何かが違う、足りていない気がする。

このまま同じことを続けてもイかせるっていうのは難しいと思う。どうすれば……

とりあえず繰り返しても、ぎこちない。このままじゃ変わらない。

これはいつも自分がしてもらっていることだ。

貴也さんはどうしてくれていたっけ？　今は逆なんだ。

指先で触れて、私が感じるところを優しく、激しく愛撫してくれる。

……貴也さんが触れられて嬉しいところはどこだろう。

私はゆっくり手を動かしてあちこちに触れてみる。貴也さんの反応をうかがって、他と違うところを探した。

そして見つけた。指先でなぞって一番反応があったところ。貴也さんの体がビクッと震えた。

私はそこをくすぐるみたいにして重点的に触れてみる。

「いい、こういうのも悪くねぇ」

いつもと違う余裕のない表情で見下ろされる。

自分がこの人にこんな顔をさせているんだと思うと、背筋にゾクゾクするものが走った。

あと、もうひと押し。

貴也さんがいつも私にしてくれるみたいに、私も貴也さんを喜ばせたい。

私は両手で彼のものを包み込む。そして間から覗く先端にゆっくりと口付けた。

「梢……っ、お前……」

貴也さんの声に焦りと驚きが混じる。

堪えるような小さな呻き声が聞こえてきて、私の中に僅かに残っていた恥ずかしさとか緊張とかが全て消え去った。

私はそのまま口を開けて貴也さんのものを口に含む。

青臭いような男性の匂いにむせ返りそうになる。それでもこの人に気持ちよくなってほしくて、舌先で軽く裏側をなぞる。

堪えきれなくなったらしい貴也さんの口から漏れる呻き声が、どういうわけか耳に心地良い。

やがて貴也さんのものが大きく震える。

その感覚はいつも私が内側で感じるものと一緒だ。

「……っ、梢……」

貴也さんは思わずといった様子で私の額を押す。

そして私の顔が離れた刹那、白濁した液体が頬を掠めた。

私は何かを成し遂げたような奇妙な達成感でぼんやりとしつつ、それ単体で意思を持っているように動くものを眺める。

遠くから鍵が開いたような音が聞こえてきてからも、私と貴也さんはお互いに呆然としていた。

やがて少しずつ正常な思考回路が戻ってくる。先に口を開いたのは私だ。

「あ、開いた。貴也さん、鍵が……わっ！」

とりあえず扉を確かめようと立ち上がろうとした私の腕を貴也さんが強く引っ張り、私は彼の上に覆い被さる。

「あ、あの……」

貴也さんのどこかぼんやりとした、それでいてどろりとした熱を帯びた瞳と目が合う。

「やってくれたな、梢」

冷静になって考えなくても、私、結構とんでもないことをしてしまった気がする。

頬に手が伸びてきて、掠めた白い粘液を少し強い力で拭われた。

「えっと……その……んんっ！」

貴也さんの膝が脚の間に入り込んで、私の秘所に触れる。そのまま貴也さんの太腿の上を滑るようにして誘われて、熱く熱を帯びたままのものと密着させられた。

「まさか梢にあそこまでしてもらえるとはな」

興奮を隠せないでいる彼は熱が冷めないうちにと、私の体をひょいと持ち上げて立たせる。そして、その白く濡れたものをおもむろに私の内側に差し込んだ。

「あっ！　ひゃうっ！」

こころなしか、いつもよりもその質量と熱が大きいと感じる。

けれどそれが気になり始めるより先に、貴也さんが腰を浮かせて奥へと欲望を叩き込む。

「あっ！　あっ！」

何度も奥を突かれて、私までイってしまうのにさほど時間はかからなかった。

「も……イっちゃったから！　貴也さんっ！」

鍵は開いているのに。というかそもそもどうしてこんなことに……
　でもそんなことを考えていられる余裕を貴也さんがくれるはずもない。一番大きい快楽が来てしまう。そんなの……

「――だめ、たか……はっ」

――私はそこで目を覚ました。ここはベッドの上だ。

「え……？」

　夢……だったのかな？　夢であってほしい。いやでも夢だったとして、私なんて夢を見てるんだ……夢の中でさえ貴也さんと……最後、夢の中でもイっちゃったし。ひょっとして欲求不満？　まさかぁ……

　貴也さんじゃあるまいしと、ゆっくり上半身を起こして枕元を見る。その貴也さんはいつも通りの険しい顔で寝ていた。

　さすが貴也さん。寝ているだけでも威圧感がある。

　そんな寝顔さえも好きだなと思い、私は半ば無意識に彼の頬にキスしていた。

　それはちょっと唇の先が触れる程度だったはず。なのに、唇が離れた刹那（せつな）に貴也さんの手が私の腕を掴む。

「続きか？」

ん？　続き？

「ここでやめたら中途半端だろ」

え……まさか、貴也さんも同じ夢を？

「あの、もしかして貴也さんもそういう夢を……？」

貴也さんは少し寝ぼけた目で私を見ながら何度か瞬き（またたき）をした。

「夢？　あー、夢か。そりゃそうだ。梢が乗って、いいとこだったんだけどな」

私が乗って……？　最後どうだったっけ？　確かに乗って……乗っていた……？

早くも記憶がおぼろげだ。まあ夢ってそういうものだと思うけど。

「そう、ですか。その、変な部屋で……」

「確かに見覚えねぇ部屋だったような……バニーの衣装とか買ってねぇよな」

んー？　バニー？

「なんかバニーの格好して俺の上に……」

違うそれ！　完全に別の夢だ！

そういえばコスプレはしたことないな、なんて、余計な思考はどこか遠くに投げ飛ばす。私はぶんぶん首を横に振った。

「すみません寝ぼけてたみたいです！　忘れてください！」

「おかしいと思ったんだよな。やけに積極的でバニーなのに鞭持って、あと大根……」

どういう状況ですかその夢！　鞭もあれだけど大根って何!?　いや、私の夢も大概だったけども！

「まあ実際楽しかったし、やってみても……ん？」

そこで貴也さんは何かに気付いたのか、少し寝ぼけた表情で動きを止める。

猛烈に嫌な予感がした。私、どこで墓穴掘りました!?

「さっき、俺もって言ったな」

少しずつ覚醒してきたらしい。貴也さんの瞳に悪い色が出てくる。

「き、気のせいですよ！」

「いや、言ったな。俺もってことは、梢が見たのはどんな夢だ？」

いつの間にか起き上がっていた彼が、起き上がろうとしていた私の手首を掴んでベットに押し戻す。

「どんなエロい夢だったか教えねぇと、バニーの衣装買ってくるぞ」

どういう脅しですかそれは!?

というかあんな夢の内容言えるわけ……え？　自分が見た夢の内容言うから……って、それとこれは別……！

貴也さんの指先が私の頬を掠める。同時に、さっきの夢の中での出来事がフラッシュバックして……これ、結局夢から覚めてないようなものでは？

こうして今日も、私と貴也さんの一日は過ぎていったのだった。

書き下ろし番外編

手遅れな自覚

「なぁ梢、どうして俺に敬語なんだ？」

ある穏やかな昼下がり。私が洗濯物を畳んでいる間に郵便物の確認をしていた貴也さんが言う。

「どうしたんですか？　突然」

私は畳み終わったタオルを脇に積み上げて顔を上げた。

「だからそれだよ。どうしていつまでも敬語なんだ？」

そんなこと言われましても……もう癖みたいなものだし、今さら変えるのもなんだかおかしい気がしてそのままだ。

「俺のことも呼び捨てでいいって言ってんのに、ヤってるとき以外はさん付けしてるだろ」

それを指摘された瞬間、なんだか急に恥ずかしくなって私は残っていたシャツを畳むフリをして俯いた。

確かに行為中は「貴也さん」ではなく「貴也」と呼ぶ。でもそれはその場の勢いというか、気分が盛り上がっているから呼べるんであって、普段呼ぶと思うと……そういうことを思い出してしまう。

呼び捨てで呼ぶイコール行為中みたいな、頭の中で妙な紐付けがなされてしまっていた。名前を呼ぶだけのことにそんな紐付けしてしまっていること自体恥ずかしい。

こんなの説明できないいしたくない。

あなたの名前はR指定された単語ですっていうようなものでは。

「貴也さんは貴也さんですし……」

そういうわけでそんな回答に逃げる。

「前にもそう言ってたよな。じゃあお前を抱いてるときと普段の俺は別人ってことか？」

「そ、そんなことありませんよ？　どっちも貴也さんです」

勘付かれた気がしてドキッとしたけど、たぶん気のせいだよね。

それにしてもどうしてそんなことを気にするのか。

「結婚するのに敬語じゃ、他人行儀な感じするだろ」

「そうですか……？」

私はこれで慣れてしまっているから何ともないけど、貴也さんは気になるのかな。

貴也さんは不満そうだ。

「ぜ、善処します……」

と言いながら、この発言がすでに敬語なので全く善処できていない。

「癖みたいなもので……敬語なら誰と話してもとりあえず問題ないじゃないですか」

「とりあえず？」

「え、あっ、適当でもいいとかそういうことではなくて、単にこれが楽で……って、楽も適当も似たような意味ですかね……!?」

変なところで揚げ足を取られてしまい慌てる私を見て、貴也さんはやれやれとため息を吐く。

「じゃあ俺も敬語で話すか。いいだろ？」

「え、はい。大丈夫だと思いますけど……」

貴也さんが敬語……慣れないかもしれないけど、まあ貴也さんだし、そんなに変わんないよね。

なーんて、思っていた私は五分後に猛省していた。

‡ ‡ ‡

「まっ、待って貴也さん……」

「止めません。わかっていただけるまで続けます」

あの後、貴也さんは無言で私を寝室に連れ込んで、押し倒した。

敬語で話す云々はどうなったのか。そう思って口を開くと、貴也さんがこう言った。

「始めましょうか。梢さん」

その瞬間、猛烈な違和感と共に背筋にぞくっと震えが走る。

驚いている私の体を探りながら、貴也さんはきっちり敬語で話しかけてくる。

「どうされたいですか？　ぐちゃぐちゃにされるほうか、じっくり時間をかけるほうか選んでください」

耳元で囁かれるその声は、しゃべり方とは裏腹に熱っぽくて甘い。

けれどふざけている感じのない真面目な口調で、会社の人との会話みたいに話しかけられて私は大いに困惑していた。

「あのっ、貴也さん！　そのしゃべり方はっ」

舌先で耳朶を弄られながら、私はなんとか言葉を探す。

「すごく他人行儀な感じがっ……！　なんというかその、すごく怖くてっ！」

まあ、言ってることとやってることは普段と変わらないんだけどね!!

服の下に回された手によって胸の頂を転がされ、もう片方の手は私の服のボタンを外している。

「許可は取りましたが？」

「……と、取り消しますっ！　取り消させてくださいっ！」

「梢さんに合わせているんですよ」

服のボタンを外し終えた貴也さんは、目を細めて含みのある微笑みを浮かべる。そこでようやく私は意図を理解した。

「わかりま……わかったから、これ以上はっ……」

それでもうっかり出そうになるので、習慣というのは恐ろしい。

「た、貴也、お願い……」

呼び捨てで、普通に話す。簡単なことのはずなのに、貴也さん相手だと妙に緊張する。

「やっとわかったか」

そこでようやく貴也さんの口調が普段通りのものになって、私は安堵の息を零した。

「すみません。距離を感じますね。気を付けま……ひゃうっ！」

指先で胸の頂を摘ままれて、電流が走ったみたいに体が震える。

「敬語使うなって言ったろ？」

言い聞かせるようなそれに、私はただただ首をこくこくと振って答えることしかできなかった。

「敬語使うごとに罰が欲しいのか？」

「ば、罰は嫌で……嫌だ？」

慣れない言い方をしたせいで語尾が上がってしまう。貴也さんは何も言わずにいつの間にか下腹部に添えていた指先を内側に滑り込ませた。

「ひゃっ！」

私の体を知り尽くしている貴也さんの指の動きに迷いはない。

しばらく内側を指の腹で擦ったあと、貴也さんは指を抜いて体を起こす。

何かあったのだろうかと様子を伺っていると、貴也さんはサイドテーブルの引き出しを開けて、中から丸い何かを取り出した。

「これだな」

「え、ちょっ……まって……」

嬉しそうなその声に、私は猛烈に嫌な予感がした。

「駄目だ」

貴也さんは私の脚を掴んで広げると、露わになった秘所にそれをゆっくりと挿し込んだ。

「ひっ！」

「俺が話しかけたら敬語を使わず答えろ。使ったら……」

「んぁっ！　わかりましたから……っあ！」

お試しとばかりにそれが僅かに振動する。つい返事をしたらそれが敬語だったので、段階を上げられてしまった。

「やめ、やめてっ！」

大きさはさほど大きくないものの、小刻みに振動するそれは指とは全く異なる刺激を内側から直接与えてくる。

使うのは初めてじゃない。買ってから使用感を聞きたいとかいう理由で使われたけど、未体験の感覚にすぐに達してしまってそれから使っていない。

てっきりもう捨てたものだと思っていた。

「な、なんでまだあるんですか……」

「なんでって、使うからだろ」

そう言って貴也さんは再びスイッチを入れる。

親指くらいの小さい機械なのに、震えているだけで一気に存在感が増した。

駆動音が内側の襞を通じて直接身体全体に響く。

「ひゃっ！　んん！」

身体を折り曲げて少しでも刺激を逃がそうと試みるけど、それを察した貴也さんに押さえ付けられる。

「前はお前がすぐイっちまって、俺が耐えられなくなったからな。今日は何回でもイっていいぞ」

今日はイっていいというのが理解できないのですが……？

気分の問題なのか、そう考えている間にも振動は続いて私の頭の中をかき乱す。

私の弱いところに触れるよう置かれたせいもあって、少しでも気を抜けばすぐに達してしまう。

「と、とめ……てっ！」

腕を掴んで訴えると、貴也さんはスイッチを切ってくれた。

刺激から解放されても、荒れた呼吸はすぐには元に戻らない。

「今のは耐えたか」

「も、わかったからっ……外して……」

毎晩のように抱かれ続けて、慣れるどころかただ敏感にしかなっていない私が、こんな刺激を与えることだけが目的の専用道具に耐えられるわけがない。

けれど貴也さんは外そうとするどころか、玩具をさらに奥へ押し込んだ。

「駄目だ。ちゃんと話ができるようになるまで躾けねぇと」

「こんな状態じゃ話なんてできませ……んあっ！」

いけない。ただでさえ癖になっている敬語が、簡単に抜けるわけがない。しかもこんな状況で咄嗟に出る言葉にまで意識するなんて……

湿った嬌声を上げることしかできず喘いでいると、貴也さんは玩具を振動させたまま、軽くぐりぐりと押し込むように動かす。

強すぎる刺激が内側を複雑に駆け巡り、私はわけもわからずただ達した。

目の奥で星が瞬いて、体はひとりでに震えている。

一気に極限まで高められた疼きが突然弾け、私の中には全力疾走をし終えたような快感が残された。けれどそれを味わう間を与えないように、玩具はまだ振動を続けている。

「んあっ……は、はっ……」

このままではまた達してしまう。小刻みに震え続けるそれのせいで、体に再び疼きが蓄積されているのを感じていた。

「おね、がいっ……止めて……っ!」

息も絶え絶えになりながら懇願すると、貴也さんはスイッチを切ってくれる。

振動が止まってひと息……つく間もなく、次は貴也さんの指先が私の花芯を撫でた。

「ひっ……!」

「楽になりたかったら、俺の質問に答えろ」

「し、質問?」

「難しいことは聞かねぇよ。普通に受け答えすりゃぁいい」

貴也さんはそう言って悪い笑みを浮かべる。

全然信用できない顔だった。

「ちゃんと答えられたらコレは外して、ちゃんと挿れてやるから」

何を……というのは愚問だろう。喉は正直に唾を飲み込む。

それを貴也さんが見逃すはずもなく、私の首筋に触れて悪い笑みをさらに深めた。

「素直でイイな。どうされたい？　激しめに突かれるか、じっくりイかされるか」

「そ、それは……」

難しいとか簡単以前に、答えづらい。

正直なところ、どちらも嫌ではないけど、回答するのは恥ずかしい。この状況で今さら何言っているのかって感じかもしれないけど、恥ずかしいものは恥ずかしい。

回答を躊躇っていると、水音と共に指が挿し込まれて、玩具の位置が変わる。

それすらも一度達した私の体には強い刺激で、大きく震えた。

「質問には回答が必要だろ？」

貴也さんはそう言いながら玩具を挿し込んだ指先で濡れた内側の襞を撫でる。

「足りねぇならもう一回イっとくか」

見せつけるようにスイッチに指を添えて、貴也さんは意地悪に笑う。

「ま、待ってくださ……あっ！　今のはなしで……ひゃうっ！」

普段の言葉遣いがそう簡単に直るはずがない。

集中なんてできない状況で、その道のりは長かった。

‡　‡　‡

「あっ……んっ、あ……」

全身が震えて力が入らない。

貴也さんはそんな私を見下ろして愉しそうな笑みを浮かべている。

「これで五回目か。今日のところはここまでだな」

ぐちゃぐちゃになった秘所を探り、貴也さんは私の中に入れていた玩具を取り出した。

異物感が消えて、代わりにぽっかりと穴が空いてしまったような喪失感が湧き上がる。

熱く火照った体は失った何かを求めるように強く疼いた。

「貴也、ほしい……」

あんな小さな玩具に私の体は負けて、理性も奪われた。

さらなる快楽を欲するあまり、縋るように言葉を発する。敬語を敢えて使わなかったのも、そうすれば貴也さんがすぐに応じてくれるという打算があったから。

自分の体は貪欲に、この人に溺れている。

「素直だな。いい子だ」

貴也さんは私の頭を撫でて、屹立したものを入り口にあてがった。

待ちきれずに動きそうになった腰は押さえ付けられて、私の欲を中途半端に燻らせる。

「お前の好きなように動いてやるから、体じゃなくて口を動かせ」

「……っ、言わなきゃ、だめ……？」

「口に出してもらわねぇとわからねぇな」

貴也さんは人の悪い笑みを浮かべて、唆すように腰を揺する。

花芯に熱いものが擦れた。それは私の内側の燻りを刺激して、さらなる欲を煽る。

「す、好き。だから、いれて……っん！」

言い終える前に貴也さんのものが一気に奥に入り込む。

蜜に塗れていた入り口はぐちゃっと水音を立ててそれを容易に受け入れた。

奥まで挿し込まれた屹立が前後に動くたび、私の内側はその輪郭通りに変形する。

「咥え込んで離してくれそうにねぇな。そんなに好きか？」

愉悦を含んだその問いに、私はこくこくと頷いた。

もはや嘘をついても意味がない。

私の内襞はねだるように貴也さんのものに絡み付いて、湧き上がる疼きが私の体を突き動かしていた。

お互いに熱と湿り気を帯びて、肌と肌が触れる時の水音が自分の耳まではっきりと届く。

同時に唇も重なって、激しく貪るようなキスをした。唇を甘噛みされたかと思えば、舌と舌が絡み合って下とは違う水音を立てる。

十分すぎるくらい快楽を求め合う行為をしているのに、私の中はまだ満足していない。いつの間にこんなことになってしまったんだろうか。

「もっと、ほしい」

勝手に零れた掠れ声は、熱く湿った空気を震わせて貴也さんの耳に届く。

「奇遇だな。俺もだ」

熱っぽく囁かれた声は、私の体に甘く染み込んでいく。

そして激しさを増した抽送に合わせるように、私の腰もひとりでに動き始める。

深く挿し込まれたものが浅いところまで、欲で膨張した皮膚を襞に擦り付けられたかと思えば、再び奥へ内襞の形を変えながら侵入してくる。

繰り返されるたびに私の中に熱が蓄積されていき、お腹の奥が切なく疼いた。

「あっ……！　んんっ！」

正しい呼吸の仕方なんて忘れたみたいに乱れ切った息を吐きながら、それでも内側から底無しの欲が湧き上がってくる。

「すっかりエロくなったなぁ。梢」

細められた貴也さんの目には愉悦が宿って、大きな手が優しく私の頭を撫でる。

「貴也さんに、言われたくないです……っあ！」

優しい手つきとは裏腹に、熱を押し込む時は容赦がない。私と貴也さん自身が一番感じるように強く、激しく擦り付けられる。

「敬語が抜けねぇの、連想しちまうからだろ？」

「ち、ちがっ……」

突然の言葉に私の心臓が変な音を立てる。

「図星だな。いいじゃねぇか。タメ語で話してずっとエロい気分でいればいい」

私の顔が林檎みたいに真っ赤に染まっているのがわかった。何も反論できなかったから、貴也さんは確信したらしい。

実際それも事実なので、私の口からは上手い言葉が出てこない。

口を開けたり閉じたりしていると、貴也さんは低い笑い声を漏らした。

「認めろよ。だからしてるときは素直に出てくるんだろ？　で、自分がエロいってことを認めたくねぇから、普段は敬語が出てくる」

「え……な、んで……」

否定しないといけないのに、しないと認めたも同然なのに、動揺しすぎて頭が全然働かなかった。

もしかして、合っているから、貴也さんの言うとおり図星だから、それを理解してしまうのを脳が拒絶しているのか。

「その反応が答えだと思うが、まあ、認めねぇなら体に聞くか」

貴也さんのものが最奥に埋められると、襞が蠢いてそれを包み込んだ。

体はとっくに素直で、欲望に従順になってしまっている。

ぐちゃぐちゃにかき混ぜられて、下腹部に纏わり付いた蜜が体液と混じり合い、動きは滑らかさを増していく。

「貴也のせいだから……！」

何度も激しく叩き付けられる快楽に体が音を上げて屈するまで、五分もかからなかった。

恋愛小説「エタニティブックス」の人気作を漫画化!

Eternity COMICS

捨てられた花嫁はエリート御曹司の執愛に囚われる

漫画 小川つぐみ

原作 冬野まゆ

憧れの上司・篤斗(あつと)への秘めた想いを諦め、婚約を機に会社を辞めた奈々実(ななみ)。しかしその矢先、奈々実は相手の裏切りにより婚約を破棄されてしまう。残ったのは慰謝料の二百万円だけ……。ヤケになって散財を決めた奈々実の前に現れたのは忘れたはずの想い人、篤斗だった。そのまま夢のような一夜を過ごすが、傷つくことを恐れた奈々実は翌朝、篤斗の前から姿を消す。ところが篤斗は、思いがけない強引さで奈々実を自らのマンションへ連れていき、溺れるほどの愛情を注いできて——!?

無料で読み放題

今すぐアクセス!

エタニティWebマンガ

B6判

定価704円(10%税込) ISBN978-4-434-33323-1

恋愛小説「エタニティブックス」の人気作を漫画化!

漫画 桧川りつ
原作 槇原まき

Gokujo onzoushi no ura no kao

EC Eternity COMICS

極上御曹司の裏の顔 01~02

恋に臆病なOL・真白は、かつて失恋旅行中に偶然出会った男性と、一夜限りの関係を持ったことがある。官能的な夜を過ごし、翌日には別れたその相手。彼を忘れられずに3年が過ぎたのだけれど……なんとその人が、上司としてやってきた!? 人当たりのいい王子様スマイルで周囲を虜にする彼・秀二だが、真白の前では態度が豹変。
「なぜ逃げた。――もう離さない」と熱く真白に迫ってきて――…。

無料で読み放題 今すぐアクセス! エタニティWebマンガ

B6判　各定価：704円（10%税込）

恋愛小説「エタニティブックス」の人気作を漫画化!
漫画 繭果あこ
原作 流月るる
夜毎、君とくちづけを
01
yogoto, kimi to kuchizuke wo
EC
Eternity COMICS
はっ
んく
じゅるっ
うそだ
儀式中にも濡らしてたくせに
大手総合商社で仕事に励む真雪は、将来有望な同期の上谷理都をライバル視していた。極力接触を避けていた真雪だったが、ひょんなことから彼と二人で、とある神社の“試練の祠”を壊してしまう。しかもその祠を壊した者には、命の危険もあり得る災いが降りかかるそうで!?
それを回避する方法はただ一つ。一ヶ月間毎日、二人が『接吻による唾液の交換』をすること——!?
毎夜20時58分の
やましい秘めごと

本書は、2021年1月当社より単行本として刊行されたものに、書き下ろしを加えて文庫化したものです。


この作品に対する皆様のご意見・ご感想をお待ちしております。

おハガキ・お手紙は以下の宛先にお送りください。

【宛先】

〒150-6019 東京都渋谷区恵比寿4-20-3 恵比寿ｶﾞｰﾃﾞﾝﾌﾟﾚｲｽﾀﾜｰ19F
（株）アルファポリス　書籍感想係

メールフォームでのご意見・ご感想は右のＱＲコードから、
あるいは以下のワードで検索をかけてください。

アルファポリス　書籍の感想

ご感想はこちらから

エタニティ文庫

性欲の強すぎるヤクザに捕まった話

古亜

2024年2月15日初版発行

文庫編集－熊澤菜々子・大木 瞳
編集長－倉持真理
発行者－梶本雄介
発行所－株式会社アルファポリス
〒150-6019 東京都渋谷区恵比寿4-20-3 恵比寿ｶﾞｰﾃﾞﾝﾌﾟﾚｲｽﾀﾜｰ19F
TEL 03-6277-1601（営業）　03-6277-1602（編集）
URL https://www.alphapolis.co.jp/
発売元－株式会社星雲社（共同出版社・流通責任出版社）
〒112-0005 東京都文京区水道1-3-30
TEL 03-3868-3275
装丁イラスト－逆月酒乱
装丁デザイン－AFTERGLOW
（レーベルフォーマットデザイン－ansyyqdesign）
印刷－中央精版印刷株式会社

価格はカバーに表示されてあります。

落丁乱丁の場合はアルファポリスまでご連絡ください。

送料は小社負担でお取り替えします。


ISBN978-4-434-33434-4 C0193